ほっといて下さい7

～従魔とチートライフ楽しみたい！～

シルバ
魔獣フェンリル。
ミヅキの従魔で
高度な魔法を自在に操る。
ミヅキが何よりも大事。
シンク
鳳凰の雛。
ミヅキに命を救われ、
従魔の契約を結ぶ。
ミヅキ
事故で命を落とし、幼女として
転生してしまった。
異世界ではトラブルに
巻き込まれがち。
周囲が過保護すぎるのが悩み。
プルシア
伝説のドラゴン。
王都でミヅキと出会い、
従魔の契約を結ぶ。
コハク
魔獣ケイパーフォックス。
田んぼでミヅキと出会い、
従魔の契約を結ぶ。

ユキ
くノー。
コジローのことが
実は……？
ムサシ
コジローの兄。
とある調味料を
作っているようで……？
コジロー
短剣使いの忍者。
無口だが
愛情深い。
CHARACTERS
登場人物紹介

プロローグ

私、ミヅキには前世の記憶がある。

事故に遭い命を落とし、気がついたら異世界で森をさ迷っていたのだ。そこで前世で可愛がっていた飼い犬に似たフェンリルのシルバと出会い、従魔の契約を行った。

それからは、少し過保護なベイカーさんに保護されて……

前世の記憶を活かして冒険者になったり、新たに従魔になってくれた鳳凰《ほうおう》の子供のシンクやケイパーフォックスのコハクと出会ったり、料理をしたりして町の人達と楽しく過ごしていた。

しかし、静かに過ごしたい気持ちとは裏腹に私の周りはいつも賑やかだった。

誘拐されたり王子様に求婚されたり……色々なトラブルを乗り越えたと思うと、今度はドラゴンのプルシアと出会い仲間になるなど、楽しくも忙しい毎日を送っている。

そんな中、私は念願の日本食を作るために欠かせない調味料を求めて、王都を去り、コジローさんの里へ向かうことにした。

いつも一緒だったベイカーさんとのしばしの別れに寂しい気持ちを抑えて、今は新たな出会いに気持ちを切り替えるのだった。

一　霧の森

【すごい速いね、景色が全然見えないよ】

私はプルシアの背中に乗って、コジローさんの里を目指していた。

しかし、あまりのスピードに景色を楽しむどころではない。私は退屈なので、プルシアに乗るためにコジローさんが変化した犬の頭を撫でることに。

【ミヅキ、そろそろ言われていた森に着くぞ】

するとプルシアから朗報が届く。

【本当に！】

「コジローさん！　そろそろ森に着くって」

コジローさんは犬の姿で耳をピンと立てる。

【森の少し手前で降りて欲しいそうだ】

シルバがコジローさんの意思をプルシアに伝えると、飛ぶ速さが落ち着いて、私の目にも景色がやっと見えるようになった。

「うわぁー凄い！　あの森の中にコジローさんの里があるの？」

「ワン！」

森の手前でプルシアが下降してくれたので、久しぶりの地面に降り立つ。

「うぅーん！　空もいいけど地面はやっぱり落ち着くね」

コジローさんは降りると同時に人の姿に戻ってしまった。

私はコジローさんの姿をじっと見つめるが、ふいっと目線を外された。

「コジローさん？」

「な、なんだ、ミヅキ？」

コジローさんが気まずそうに聞き返してくる。

「またお願いしたら犬になってくれる？」

「へ？」

「またもふもふしたくなったらお願いね」

「わかった」

コジローさんはホッとしたような、恥ずかしそうな複雑な表情をしていた。

「えっと、ミヅキ達は少し待っていて貰えるか？　この先は俺達一族しか入れないんだ。先に行って長老に許可を取ってくる」

「うん、いいよ！」

コジローさんは私の返事にニッコリと笑うと、今度はシルバに向き合った。

【シルバさんも出来たら一緒に来て欲しいのですが、難しいですか？】

【ミヅキと離れるのか？】

シルバは嫌そうに眉間《みけん》に皺を寄せた。

【シルバ、大丈夫だよ。シンクもコハクもいるし、ちゃんと待ってるよ】

【シルバさんが一緒に来てくれたら、長老もすぐに許可をくれると思うんです。ミヅキ達も問題なく里に入れるはずなのですが……】

シルバはまだ納得出来ないのか考えていた。

【コジローさんの里に入るためだよ！　シルバ頑張って！】

私が抱きついて応援すると渋々受け入れてくれた。

【いいか、絶対にシンク達の側を離れるなよ！】

【はーい！】

【何か来たら全力で戦うんだぞ！】

【はーい！】

【美味しいものを貰っても、ついて行くなよ】

【……う……ん】

【ミヅキ？】

【うそうそ！　大丈夫！】

多分……ね。

私は笑って誤魔化すがシルバはなんだか信用してない顔をしている。

【はぁ……シンク、コハク、プルシア、ミヅキを頼むぞ】

【わかってるよ、大丈夫】

【キャン！　キャン！】

シンクとコハクはわかっているといい返事をするが、プルシアは首を捻った。

【何をすればいいんだ？】

【ミヅキが危ないことをしないようによく見ておいてくれ】

【わかった】

プルシアが首を傾げながらも頷いた。

【じゃあ、行ってくる。ミヅキ、いい子にな】

シルバはチュッと私の髪に鼻先をつけると、不安そうにしつつもコジローさんの後を付いていった。

コジローさんが森に入っていくと直ぐに姿が見えなくなる。シルバがそれに続き、あっという間にふたりの気配がなくなってしまった。

【うわぁ、霧の中に消えてった。どうなってるんだろうね？】

私は二人が消えた辺りに近づこうとした。

【ミヅキ駄目だよ！　森に入ったら】

【キャン！】

すると早速シンク達に注意される。

【わかってるよ。でも手を繋いで入れば離れないいんじゃないの？】

【えっ？　まぁそうかも……でもだめ！　シルバに言われたでしょ！】

【うん】

私は触るだけなら大丈夫だろうと森の外から霧を触ろうと手を伸ばす。

【あっ……】

【キャン？】

【えっ？】

私の姿が一瞬で霧に呑み込まれていった。

【ミヅキー！　なんでじっとしてられないんだー！】

シンクとコハクは慌てて私を追って霧の中へと飛び込んで行った。

そして、プルシアは呆然とその様子を見つめていたのだった。

◆

「どうしよ、絶対に絶対に怒られる」

私は霧の中を右も左もわからずに歩き続けていた。

「だけど聞いてないよ。だって霧に触っただけだよ！　森に入ったわけでもないのに。みんなが言ったのは森に入るな、だもんね。霧に触るなって言われてないもん！」

一生懸命言い訳を考えながら歩いていると何やら香ばしい匂いが漂ってきた。

「あれ？　この匂いって、もしかして」

匂いを頼りに霧の中を歩いて行くと洞窟《どうくつ》が目の前に現れた。

「うーん、いかにもな洞窟《どうくつ》だな。でも匂いはこの中からだなぁ」

私は匂いに我慢できずに洞窟《どうくつ》の中を覗き込む。

「もういいや！　ここまで来たら好き勝手に行動しよう。どうせ怒られるならまとめてがいいもんね～」

そう思うと気が楽になり明かりをつけてどんどん洞窟《どうくつ》の中を突き進む！

奥に進むと匂いが強くなってくる。そして、なんと洞窟《どうくつ》内には家が建っていた。

「家、こんな所に？　しかもあの家って」

私は家に近づいてじっくりと眺めてみた。

「やっぱり、昔の日本家屋《にほんかおく》みたいだ」

そこには茅葺《かやぶ》き屋根で骨組みも木で出来ている、どこか懐かしい家が建っていた。

トントントン！

扉をノックするが誰もいないようで返事はない。裏手に回るとさらに奥へと続く道があった。私は家を通り過ぎて奥へと進む事にした。

しばらく進むと出口があり明るい外が見えてきた。

「なんだ、別になんにもいなかったなぁ」

洞窟《どうくつ》の中は平和で何も起こらず外に出る。するとそこには畑が広がっていた。

「えっ、これって！」

私は植えてある植物に目がいき、畑に駆け寄ろうと走り出した。

「誰だ！」

すると男の人の声がした。

私は足を止めて声の方を見る。

そこには顔が犬で身体が人の姿の男の人が、こちらを睨み立っていた。

「お前は誰だ！　どうやってここまで来たんだ！」

男の人は慌てて顔を首に巻いていた布で隠すと、質問をぶつけてきた。

「えーと、私はミヅキって言います。ここにはいい匂いを辿ってきました」

私が普通に答えると男の人は何故か戸惑いアワアワとしている。

「あのーあなたってコジローさんの親戚《しんせき》かなんかですか？」

なんとなく似た雰囲気がしたので、そう聞いてみた。

「コジロー？　コジローを知っているのか！」

「あっ！　やっぱりコジローさんの関係者だ。よかった〜、これで怒られ率が下がったんじゃない!?」

私は知り合いの知り合いに会えて喜んでいた。

「お前、ちょっと変わった子供だな」

そんな私に、男の人は失礼な事を言ってくる。

ムカッ！

「そりゃよく言われるけどね！　一応、普通の女の子です！」

ベイカーさんがいたら否定しそうだがあえて大声で言ってみた。

「そ、そうか？　しかしなんで俺がコジローの知り合いだってわかったんだ？」

「えっ？　だってその服、コジローさんとお揃いの忍者服だし顔がそっくりだもん」

顔と言われて、男の人が慌てて隠しだした。

「いや今更隠してもさっき見たよ。コジローさんの犬バージョンの顔にそっくりだし」

「コジローが犬の姿をお前に見せたのか？」

「うん、可愛いよねぇ～。あー、思い出したらまた触りたくなってきた」

チラッとコジローさんの知り合いのお兄さんを見る。

「お兄さんは犬に変化はしないの？」

「俺は……この姿しか出来ない」

「そうなんだ。でも犬のお顔もカッコイイね！　さすがに触ったら怒る？」

コジローさんの知り合いなら触らせてくれるかと思い聞いてみた。

「はっ？　触る？」

「触り心地良さそうだなぁ～、触ってみたいなぁ～」

チラッチラッとお兄さんを見ていると顔が険しくなる。

「やっぱり……」

「うん？」

「やっぱり、お前は変わりもんだ！」

お兄さんは畑を突っ切ると洞窟《どうくつ》の中へと行ってしまった。

私は慌てて追いかける。せっかくの関係者をここで逃す訳にはいかない。

先程とは違う通路を歩き出して、私はその後をどうにか追いかける。

「お兄さん、私は外に出たいんだけど、道わかる？」

「知っているがお前を案内する気はない！」

「えーケチ、いいじゃん。あっ、なら方向だけでも教えて！」

「この森に方向などはない」

「あーやっぱりそういう感じなんだ。霧の中を歩いてる時にそんな気がしてた」

はぁとガックリとため息をつくと、またあの香ばしい香りがしてきた。

「やっぱりこの香り」

お兄さんが進む方向を見ると、そこには大きな樽《たる》が置いてあった。

「外の畑に植わってたのって、やっぱり大豆!?」

私が樽《たる》に近づこうとすると「やめろ、近づくな！」と行く手を阻まれる。

お兄さんに手を伸ばして覗こうとすると、サッと体が触れるのを避けられてしまった。

しかしそれはチャンスとばかりに退いてくれた道を進んで樽《たる》の中を覗き込んだ。

「やっぱりこの香り、味噌《みそ》だ！」

私の言葉にお兄さんの様子が変わった。

「お前、味噌《みそ》を知ってるのか？」

「もちろん！　ねぇお兄さん、醤油《しょうゆ》は？　醤油《しょうゆ》はないの！」

「醤油《しょうゆ》もわかるのか！」

お兄さんから出た言葉に私は思わず詰め寄った。

「お兄さん、醤油《しょうゆ》を知ってるの！」

興奮のあまりに突進して服にしがみついたところ、お兄さんは固まってしまった。顔を隠していた布がハラリと落ちる、間近で犬の顔があらわになった。

「あっ」

お兄さんが顔を隠そうと手を上げかけたが、その手をガッと掴んだ。

「お兄さん、知ってるの⁉　何処にあるの！　私、醤油《しょうゆ》が欲しいんだよ！」

私の勢いにお兄さんが驚いて、後ろに倒れ込んでしまった。一緒に転びそうになったけれど、お兄さんは咄嗟に私を庇うように抱きしめてくれる。

「ごめんなさい！　お兄さん怪我はない？」

私は慌ててお兄さんの体から飛び退いて怪我がないかとぺたぺたと触る。

そして最後に顔にも怪我がないか確認する。

「大丈夫そうかな。よかった、それにしてもやっぱりもふもふ」

私は思った通りの触り心地に満面の笑みを浮かべつつ、困惑している様子のお兄さんの頭を撫で

ていた。

◆

俺はコジローの兄として生まれ、ずっと一緒に育ってきた。しかし、ある時に自分が普通ではないと知らされた。

俺はみんなと違い、顔が犬で身体が人間だった。みんなは人の姿か犬の姿のどちらかで生まれ、それぞれに変わることが出来るが、俺には出来ない。

俺だけはそれが混ざった状態で生まれて、そのままどうすることも出来ないままだ。

両親は、弟のコジローと変わることなく愛情を向けていてくれた。だが、大きくなると周りの反応から、自分はやはり普通ではないと嫌でも気付かされる。

それに加えて、コジローが出来た弟で、顔もいい事からよく比べられてきたのだ。

しかしコジローは本当に良い奴だ。こんな俺にも普通に接してくれるだけでなく、兄として慕ってくれていた。

コジローがいたから、肩身の狭い思いをしつつも、里でもどうにか暮らしていけていた。

だけど、コジローが里を出ていった年。

やはり俺は普通ではないんだと突きつけられる出来事があった。

「気味が悪いと周りの者達から苦情が出ている。すまないが、里から出て行ってくれないか？」

長老からの言葉に愕然とした。

この里でしか暮らしたことがない俺にとって、ここの里の者みんなを家族だと思っていたが、そう思っていたのはどうやら俺だけだったようだ。

両親も一緒に出ていくと言ってくれたが、もう俺も独り立ちできる歳だ。

コジローだって冒険者になりたくて一人で旅立っていった。

俺にも旅立つ時が来たのだと思った。

しかし、現実は甘くない。

他の人がいる町に行くと、やはり俺の見た目は普通ではないようだ。獣人《じゅうじん》と似た見た目だが、力がある訳でもなくただ顔が犬なだけ。

すれ違う人は気持ち悪そうに見つめると、みんな顔を逸らす。

外の世界はあまりにも残酷《ざんこく》だった。

俺は外に居場所を見つけられず、またこの森に戻ってきた。どうにか長老にお願いして離れた洞《どう》窟《くつ》で暮らすことを許可してもらった。

しかし、俺が里に行く事はないし、里から人が来ることもない。

たまに人里に行く時も顔を隠して行く。多少変な風に見られるが、犬の顔を見られるよりマシな反応だ。

コジローが出ていってからずっと、そんなひっそりとした暮らしをしていた。

俺は、生きていくために里に伝わる食材——味噌《みそ》と醬油《しょうゆ》を作っていた。これらの食材は作るのに手間がかかる。だから、今ではもう作る者も少なくなったらしい。

それに、あんなしょっ辛いものを持っていっても売れる事は稀《まれ》だ。もしかしたら、もう里では誰も作っていないかもしれない。

しかし、俺にはこれしか出来ない。

そう思い、ある日大豆の畑に行くと、幼い子供が畑の前に立っていた。

思わず声をかけるが、自分が顔を隠していないことに気がつく。

慌てて隠すと子供に反応はなかった。

どうやら見られなかったようだ。普通なら泣き叫ぶ所だろう。

話しかけると言葉が返ってくる。普通の会話など何年ぶりの事だろうかと少し嬉しくなった。

すると、ミヅキという子供がコジローの名前を口にした。

久しぶりに聞く弟の名前だ。

何故知っているのかと聞くと、自分に似ていると言う。犬の自分に似ているとは一体どういう事なのか？

さらに尋ねると、コジローの犬の顔が自分に似ていると言う。

この子供は何を言っているのだろうか？

変わり者みたいだ。俺のように……

どうやらコジローは犬の姿をこの子に見せたらしい。俺達が犬の姿を見せるのは家族か限られた信頼する相手だけだ。

この子供はコジローから信頼されているということか？

そしてこんな事を言う。

犬の顔がカッコイイと、そしてその顔を触りたいと。

馬鹿にしているのか？

俺は子供の冗談に怒って仕事に向かった。

もうこんな子供に付き合ってやるのはやめよう。みんなに嫌われる気持ち悪い俺だ。

拒否すれば付いてくることもないだろうと思っていたが、この子供は離れまいと付いてくる。

それだけでなく、先ほどの事にこりずに普通に話しかけてくる、犬の顔の俺に。

まるでそれが普通の事のように……

そして俺が作っている味噌《みそ》と醤油《しょうゆ》を見つけると、見るからに興奮しだした。

折角子供に触らないように避けてやったのに躊躇することなく俺の腕を掴んでくる。

久しぶりに感じる人の体温だった。

こんなにも温かいものなのか……

そんな事を考えてボーッとしてしまうとバランスを崩して倒れそうになる。子供を巻き込んで怪我をさせないようにと、ついだき抱えてしまった。

自分から触った事に後悔するが、子供は自分のせいだと言って俺の事を心配している。体中を触り、怪我がないかと確認している。

その手があまりにも優しく触るもんだから、近くで顔を見て笑いかけられるもんだから……俺は年甲斐もなく泣いてしまったんだ。

◆

「お、お兄さん！　やっぱり何処か怪我したの!?」

突然ポロッと泣き出したお兄さんにびっくりする。

「あっいや……なんでもない。怪我もしていないから大丈夫だ」

「本当に？」

まだ少し掠れたような声で答えるので心配して顔を覗き込んだ。

「ああ、俺はムサシだ。改めてよろしく、ミヅキだったな」

「コジローとムサシ！」

お兄さんは笑顔を見せてくれたが、それよりも日本的な名前に反応してしまう。

「なんていい名前！　ムサシさんて、もしかしてコジローさんの兄弟なの？」

「コジローは弟だ、ミヅキはコジローの知り合いなのか？」

「コジローさんは私の冒険者講習の先生なの。それからずっとお世話になってて私の大切な人だよ」

「そうかコジローは凄いな。外でもしっかりとやっていたんだな」

懐かしそうに笑っている。

「そ、れ、で！　ムサシさん、味噌《みそ》と醤油《しょうゆ》なんだけどどこかな！」

「なんだってそんなに味噌《みそ》と醤油《しょうゆ》に興奮するんだよ。あれは、しょっ辛くてなかなか売れないんだぞ」

「何言ってんの……あんなに美味しいものを……」

売れないと聞いて愕然とする。

私が探し求めていた食材は、この世界では人気がないってこと!?

「それは食べ方を知らないからだよ。あれはそのまま食べるもんじゃないの」

「そうなのか？　本には作り方のことは書いてあったが、食べ方までは書いてなかったからなぁ」

「本ってなに？　それに、醤油《しょうゆ》と味噌《みそ》はムサシさんが作ったの？　一人で？　里の人達はどうしたの？」

コジローさんは里があると言っていたが、ここはムサシさん一人で暮らしているように見えた。

「俺は里を出ていてな。この洞窟《どうくつ》に住みはじめた時、昔の里の人が書いた書物を見つけたんだ。それでこの味噌《みそ》と醤油《しょうゆ》を作った」

「その書物、私も見ていいですか？」

味噌《みそ》と醤油《しょうゆ》の事が書いてある本なんて気になりすぎる。真剣な顔を向けてムサシさんを見つめた。

「まぁいいか、ちょっと待ってろ」

そう言って小屋に入ると一冊の本を持ってきてくれる。

「読めない字が少しあるけど、作り方の所はちゃんと読めるはずだぞ」

受け取ってパラッと最初のページをめくった。

『最初に……いつかこの本が味噌《みそ》と醤油《しょうゆ》を知る者の役に立つ事を願ってここに残す。鈴木雄一郎《すずきゆういちろう》』

これって、日本語だ！

「ムサシさん！　この鈴木雄一郎さんって誰？」

「えっ、ミヅキはこの文字が読めるのか？　スズキユウイチロウとは隠れ里を作った初代の名前だ。だが、それがここに書いてあるのか？」

ムサシさんには日本語の部分は読めないようだった。

「うん。これは私が昔……いや、前にいた所の文字なの。多分雄一郎さんも同じ所の出生なんだと思う」

雄一郎さんも転生したのかな？　それとも転移？

本の感じからかなり年月が経っているように見えた。

「雄一郎さんはもういないんだよね」

「そうだな、もう随分前の事になるから」

やっぱり、今の時代には私以外の転生者はいないのかな？

ペラペラとめくっていくが、後のページはこちらの文字で書いてあるようだ。

「これすごい！　味噌《みそ》と醤油《しょうゆ》の作り方がわかりやすく書いてある。でも、ここまで一人で作るのは大変だったよね」

「まぁ苦労したみたいだな。ほぼ一生をかけて作ったみたいだ。だが、出来たはいいがこの味だろ？　完成はしなかったのかもな」

「それは食べ方が間違ってるの！　私が美味しい食べ方を教えてあげる！　どうしよう～、何を作ろう！　ムサシさん、何食べたい？」

「えっ？　ミヅキが作るのか？」

「作りたい、駄目ですか？」

「いや……まぁいいか」

「それで何が好き？」

「俺か？　俺は肉かな。でも、まともに料理なんてしないし、好きなものなんてわからないな」

ムサシさんが複雑そうに答える。

「わかった。ここで作っていいですか？　それともあの洞窟《どうくつ》のお家に行きます？」

「ここは貯蔵庫がわりだから、家に行こう」

私は味噌《みそ》と醤油《しょうゆ》を少し貰うと先程通った家へと戻ってきた。

「このお家も素敵ですね」

お邪魔しますと言って家に入る。

「はっ、何処がだ？　どこにでもあるような家だろ？」

「そうだね、でもそこがいいよ」

私は懐かしい田舎《いなか》の風景を感じていた。

「よし、早速作るよ！　ムサシさんは待っててくださいね」

「お前、本当に作れるのか？」

台に乗って台所に立つ私を心配そうに見つめてくる。そんなのは慣れっこなので気にする事なく肉を取り出す。

「そうだなぁ、まずは定番のおかずの肉じゃが……いや、角煮《かくに》がいいかな？　ムサシさんは玉ねぎは大丈夫？」

「問題ないが？」

「やっぱりこっちの人達は平気なんだね。コジローさんも大丈夫だったよ」

笑いかけると、ムサシさんは不機嫌そうに顔を逸らした。

「あとは何にするかな……」

肉の塊を拳大に切ると鍋にぶち込む。そこに水を入れて火をかけたあとは、クズ野菜を入れて茹でていく。

しばらく経ったら肉を取って一度水を捨て、もう一度鍋に肉を戻した。

「あー酒があればなぁ。お米が安定したらそれも挑戦してみるかな」

ブツブツと喋っているとムサシさんが後ろから声をかけてきた。

「酒ならこれはどうだ？」

「これ？」

ムサシさんが透明の液体を持っている。

「これもスズキの本に書いてあったんだ」

「キャー！」

私は興奮してムサシさんに抱きついた！

「凄い、嬉しい！　ありがとうムサシさん！」

ムサシさんは急に抱きつかれたことに驚いたのか、慌てて引き剥がそうとしてくる。

「わかったから！　落ち着け！」

「落ち着けないよ！　なに、ここは宝の山なの！」

ずっと探し求めていた食材が次々と登場して、興奮がおさまらない！

ムサシさんが持ってきた酒を受け取ると頬ずりしてしまう。

ムサシさんに白い目で見られたので気持ちを落ち着けて匂いを嗅いでみる。

「あっ、日本酒っぽくないね。これは焼酎《しょうちゅう》とかなのかな？　でも、これで料理酒の代わりになるな」

私はニヤリと笑うと次々と料理を作り上げていった。

◆

その頃シルバは、ミヅキが一人はぐれていることも知らずにコジローと里に向かっていた。

【まだつかないのか？】

森の中を走り少し経つと、ミヅキから離れているのでイライラとしてきた。

【すみません。他の者が入れないようになっていて複雑な道なんです】

コジローが済まなそうに謝るのでしょうがなく後をついて行くが、先程から嫌な予感がしていた。

ミヅキが大人しくしているだろうか。

いや、シンクもコハクもいるし大丈夫だろう。

プルシアはよくわかっていないようだったのが不安だが。

とりあえず今は、里に着かないとどうにもならない。ミヅキがここに来たいと言ってるのだから、どうにか里に連れて行ってやりたい。

その為にはコジローの後を大人しくついて行くしかないのか……

歯がゆい思いをしながら、俺は大人しく後を追うことしか出来ないでいた。

二　コジローの里

【シルバさん、着きましたよ！】

コジローは、そう声をかけるとなんの特徴もない木の間をすり抜けていった。

俺もコジローに続いて木の間を通ると、急に視界が開けた。

そこはコジローと同じような格好をした人間達が住んでいる小さな里だった。

突然現れたコジローと俺の姿に里の者達は警戒したようだが、一人の少女が声をかけてきた。

「コジロー兄ちゃん！」

「えっ？　コジロー？」

「あっ！　本当にコジローじゃねぇか！」

里の人達が警戒を解いて笑顔で近づいてくる。

「みんな、元気だったか？」

コジローも懐かしそうに里のみんなの顔を見回している。

「コジロー、こちらの方は？」

一人年老いた老人が杖をつきながらコジローの方へと向かってくる。

「長老！　お元気でしたか？」

コジローが長老の側に寄ろうとすると、杖で制止された。

「コジロー、先に後ろの方を紹介してくれ」

長老の目は俺をじっと見つめていた。

「こ、こちらはフェンリルのシルバ様です」

「「フ、フェンリル！」」

里の者達が驚いていると、長老が俺の前に跪《ひざまず》く。

「フェンリル様、初めてお目にかかります。この里の長老をしております、ハンゾーと申します。この体があるうちに貴方様に会えた事、大変嬉しく思います」

ハンゾーと名乗った長老が地面に膝をつき、俺に向かい頭を下げると、他の里の者も同じように地面に跪《ひざまず》いて頭を下げた。

【やめろ。もうお前達は私の眷族《けんぞく》ではないのだから】

「しかし！　我らは今までもフェンリル様を主人だと思っております。そうやって代々受け継いできたのです！」

【さすがコジローの里の者だな、真面目過ぎてつまらん】

長老の熱意に嫌気がさしてきた。

【シルバさん】

コジローが苦笑して俺の名を呼ぶと長老が怒り出した。

「コジロー！　フェンリル様に対して名前で呼ぶとはなんたる無礼な！　しかもさん付けでなく様

と呼べ！」

【私が許した、問題あるか？】

俺はジロっと長老を睨む。すると長老はサッと頭を下げて静かになった。

【それよりも早くミヅキをここに連れてきたい】

【そうですね！】

コジローは長老にミヅキ達の事を説明した。

「こちらのシルバさんのご主人様がこの里に入りたいそうなんです。長老、許可していただけますか？」

「コジロー、何を言っておる。フェンリル様の従者《じゅうしゃ》だろうが、フェンリル様のご主人などと言ったら失礼だぞ」

長老はコジローが間違えたのだと勘違いしたようだ。

「いえ、間違っていません。こちらのシルバさんは、ある方の従魔になっているのです」

「フェンリル様を従魔に？」

長老が目を見開き驚いている。

すると「ドガーン！」と遠くで大きな音が響いた。

「何かが森に入ってきたようだ。皆、フェンリル様をお守りしろ！」

里の者が武器を持つと一斉に森の中へと入っていった。

【シルバさん！】

コジローも突然の襲撃に慌てているが俺はなんとなく音の原因がわかっていた。

【ミヅキは大人しくしてると思うか？】

そういうとコジローはハッとして眉間《みけん》に皺を寄せて考え込む。

【と、とりあえずミヅキの元に向かいましょう！】

コジローが駆け出そうとするとそれを長老が止めようとする。

「コジロー！　フェンリル様を何処へ連れていく！」

「森の外にフェンリル様の主人がいるのです！　フェンリル様はその者の様子が気になるそうなので、迎えに行ってきます！」

「ほ、本当にフェンリル様を従魔にしたのか？　その者は？」

「ええ、フェンリル様が大変大切に思われている方です。何かあれば大変な事になりますよ」

そう言うと長老は察したようで慌てて指示を出した。

「わかった。里の者にも伝えよ！　その方の特徴は！」

「黒髪黒目の幼い女の子です！」

「はっ女の子？　そのような者がフェンリル様を従えさせたのか？」

「長老も会えばわかりますよ！」

コジローは急いで先に行く俺の後を追い、森の外へとミヅキ達を迎えに行った。

◆

【なんだこの森は、入る事が出来ないぞ】

プルシアはコハク達を追いかけようと森に入ろうとしたが、何度入っても森の外に出てしまっていた。

苛立つプルシアが森に軽く咆哮《ほうこう》を放つ。

しかし、「ドガーン！」と全然違う所から咆哮《ほうこう》が返ってきてしまい、森が削れた。

しばらく足掻いていると森から人が数名姿を現した。

【ん？　先程乗せた奴に似ているな】

それならミヅキの仲間かと思い近づこうとする。

「止まれ！　これより先には行かせない！」

森から出てきた人間はプルシアに武器を向けた。

【なんだ？　迎えではないのか。シルバは一体何をしてるんだ】

危害を加える訳にもいかず、どうしたらいいものかとじっとしている。

「あれ？　あのドラゴン向かってこないよ」

「ドラゴンなんて初めて見たが、意外と大人しいのか？」

「どうしますか？　何度も森に入ろうとしていたようですが」

里の者達が様子をうかがっていると、ようやくコジローが姿を現した。

「よかった、プルシアさんに何事もなくて」

コジローがプルシアを見て周りを確認するが、プルシア以外の仲間の姿が見えない。

「プルシアさん、ミヅキ達は？」

【ミヅキは森の中に入ってしまった。コハク達は追いかけて行ったが、私は何故か森に入れなくてな】

【やっぱり、大人しく待ってなかったか】

シルバも周りの様子を確認して呆れ気味にため息をつく。

【なっ、なんでミヅキは森に!?】

コジローはミヅキが森に入ったと聞き狼狽《うろた》えていた。

【霧に手を伸ばしたら吸い込まれるように入って行ったぞ。もしかして、霧に触らないと入れないのか？】

シルバは、プルシアの言葉をコジローに伝えた。

【そうです。プルシアさんは大きすぎて霧に手が届かなかったようですね。それよりも、ミヅキは一体どこに？】

【ここまでシンク達やミヅキにも会わなかったぞ。しかもこの霧のせいで、全然気配が感じられやしない】

【上から燃やすか？】

プルシアがサラッととんでもない事を言い出した。

【燃やすなら俺が切り裂く】

シルバの言葉にコジローと里の者達がビクッと肩を揺らす。

【シルバさんプルシアさん、燃やしたり切り裂いたりするのはなしでお願いします。ほら！　ミヅキに当たってしまったら、大変じゃないですか！】

【まぁそうか、しかしどうやって捜せばいい】

【ここはこの森に慣れている里の者に任せて下さい。きっとミヅキを見つけ出してみせます】

コジローはプルシアに小さくなってもらうと、シルバと共に里で待っていて欲しいとお願いした。

【まぁ、確かに慣れている者の方がいいかもしれんが】

プルシアは納得して身体を小さくする。

【コジロー、ミヅキに何かあったら、プルシアとこの森を沈めるからな！】

シルバはコジローと里の者に喝を入れた。

【は、はい。みんな、黒髪黒目の幼い女の子を捜してくれ！　フェンリル様の大切なお方だ。他の者達にも伝えて、必ず捜し出すんだ！】

◆

里の者はシルバの怒気から逃げるように急いで森に入っていった。

その頃、私はみんなが大騒ぎしているのにも気が付かないで料理に集中していた。

「出来たー！　ムサシさん見て、これが醤油《しょうゆ》と味噌《みそ》を使った料理だよ」

私は作った料理を広げてみせると解説した。

「まずは肉好きのムサシさんの為にオーク肉の角煮《かくに》。オーク肉を醤油《しょうゆ》と酒と砂糖で煮てみました、醤油《しょうゆ》は調味料として使うんだよ」

先程から香ばしい匂いがたちこめて、鼻がヒクヒクしていたムサシさんは、チラッと角煮《かくに》を見る。

「食べてもいいのか？」

「もちろんだよ。ムサシさんの為に作ったんだから」

「他人の料理を食べるのはいつぶりだろうか」

ムサシさんは呟くと、角煮《かくに》に手を伸ばして一口で口に入れる。

でかい肉が口の中でホロホロとほぐれていくと、醤油《しょうゆ》の甘辛い味が肉汁と共に口いっぱいに広がった。

「ムサシさん美味しそうに食べるね。私もいただきまーす！」

私は小さく肉を切ると口に入れる。さすがにムサシさんほど大きな口は開けられなかった。

「あー醤油《しょうゆ》だ、夢にまでみた醤油《しょうゆ》。絶対に大豆を持ち帰らないと……」

チラッと美味しそうに食べるムサシさんを見つめた。

「次は味噌《みそ》の料理ね。本当は味噌汁が作りたいんだけど出汁《だし》がないからね。それはまたいつかね、今回はナスとピーマンの味噌炒め。これもご飯が進むんだよ」

「さっきの肉は美味しかったが、これは野菜だろ。俺は野菜はちょっと……」

ムサシさんは、肉が無いことに難色を示す。

「ムサシさん、好き嫌いは駄目だよ。それに野菜って栄養もあって、ちゃんと料理すれば美味しいんだよ。とりあえず一口！」

「ああわかった、だが一口だぞ！　不味かったら食べないからな！」

「わかったよ〜。そしたらコジローさんにあげるもんね」

「えっ、コジローに？」

「コジローさんは私の料理をいつも美味しいって、なんでも食べてくれるよ」

「あいつだって野菜が苦手なはずだぞ！」

「えー？　いつも食べてるけどなぁ」

首を傾けて考えているとムサシさんが味噌炒めを食べていた。

ムギュ！　ムギュ！

ナスの食感がいい音を出す。

ムサシさんはゴクンと飲み込むと無言で味噌炒めをかき込んだ。

「ムサシさん？」

「いやぁミヅキ、野菜って美味いな。それとも美味いのは俺の味噌《みそ》のおかげなのか？」

一瞬でなくなった味噌炒めの皿を凝視《ぎょうし》して、私は驚きのあまり言葉を失い立ち尽くしてしまった。

「おい、ミヅキどうしたんだ？」

「酷い、ムサシさん！　私の分は！」

味噌炒めの空の皿を手に取りワナワナと震える。

「久しぶりの待ちに待った味噌炒め……」

「悪かったミヅキ。なっ、謝るから」

ムサシさんはすまんすまんと笑っているが食べ物の恨みは恐ろしい！

「これは許せない！　ムサシさん、ひとつ貸しだからね！」

「わ、わかったからそんなに怖い顔するなよ」

ムサシさんが私の怒りにオロオロとしだした。

「全くベイカーさんみたい。食いしん坊なんだから……あっ」

思わずベイカーさんの名前を出して懐かしさに動きが止まった。

それと同時にあることを思い出す。

「今度はどうした？」

「あーどうしよう！　みんなの事すっかり忘れてた。迷子になってから、結構時間がたってるよね。絶対シルバが心配してる。ベイカーさんとセバスさんに言われちゃう」

今度は私が急にオロオロしだした。

「ムサシさん、私どうしても森の外に出たいんです。味噌炒めは……悔しいけど諦める。だから外まで案内してください！」

「ああ、構わないぞ」

ムサシさんは私の必死な様子にクスッと笑うと顔に布を巻きだした。

「ありがとうムサシさん、ところでなんで布を顔に巻くの？　やっぱり忍者だから？」

私はどんな理由なのかとワクワクしながら聞いてみた。

「いや俺の顔は異質だからな。いつもはこうやって隠してるんだ」

「異質？　何処が？　普通の犬の顔だったよ？」

「犬の顔って事が異質なんだよ！　言わせんなよ」

ムサシさんが、はぁと疲れたようにため息をつく。

「なんだかミヅキと話していると、自分の姿が変だということを忘れてしまう気がするな。忌み嫌うこの顔の事が馬鹿らしくなってきた」

「ふーん？　人もいて獣人《じゅうじん》もいて犬もいて魔物もいるのに、犬の顔は変なんだ？　よくわからないね。でも、犬の顔でもムサシさんはカッコイイと思うよ！」

私は本当に思った事を言ったのだが、ムサシさんは憑《つ》き物が落ちたように穏やかに笑った。

ムサシさんの案内で私が霧の森の中を歩いて行くと、「ガサッガサッ！」と前方から木々が揺れる物音がする。

ムサシさんが私を庇うように前にでた。

「あっ」

「お前達！」

「ムサシさんお久しぶりです」

現れたのは三人組の、これまたコジローさん達と同じような姿の人達だった。

里の者がムサシさんに挨拶をすると、皆の間に微妙な空気が流れる。

私はどうしたのかとひょっこりとムサシさんの後ろから顔を出した。

ビクッ！

すると三人組が私の姿に驚いた。

「ムサシさんその子は？」

「ああ、迷子だ。これから外に出してやるんだ」

ムサシさんは先程とは変わって声も小さく、顔を逸らしながら話しかけている。

その姿に三人組は気まずそうにしていた。

「わかりました。先程大きな音がしましたので、気をつけて下さい」

「ああ……」

心配そうな顔で三人はムサシさんを見つめると、森の中に消えていった。

「ムサシさん、さっきの人達ってコジローさんの里の人？」

私はムサシさんに聞いてみた。

「ああ、そうだ……」

先程までの元気が無くなっている。

「なんでそんなによそよそしいの？」

「俺はあいつらに里から追い出されたんだ」

「えっ？」

まさかとムサシさんを見るが、冗談を言っているような顔ではなかった。

「ムサシさん達に何があったのか知らないけど、さっきの人達からはムサシさんを心配する雰囲気しか感じなかったよ。追い出した人の事を心配なんてするかな？」

「現に俺は洞窟《どうくつ》に住んでるだろ」

「好き好んで住んでいるのかと思った」

「なんだそりゃ。はぁ、ミヅキと話してると力が抜ける」

ムサシさんはそう言いながらも先程より少し元気が出ていたようだった。

「なんで追い出されたの？　なんかいけないことしちゃったの？」

なんとなく様子が気になり、ガンガン不躾に質問をしてみた。

「さっき言っただろ、俺の顔が気味悪いんだよ」

「犬の顔が？　異質って気味が悪いって事？」

「ああ」

「嘘だ！　だってみんなも犬になれるんでしょ？」

「まぁそうだが、俺は身体は人だ」

「でもさっきの人達、別に気味悪そうにしてなかったよ？　ムサシさんちゃんとみんなの顔見た？」

私に言われてムサシさんはハッとしていた。

「そういえば拒否をされてからは人の視線が怖くなっていた。それから人の顔を見るのが怖くなったんだ」

「私と話す時は普通にしてるじゃん、ちゃんと私の顔を見て話してくれるし」

「そうだな。ミヅキはなんだか話しやすいな」

「話せるなら同じように話せばいいのに……もったいない」

「うるさい……」

ムサシさんは私から離れるように足を速めた。

◆

先程ムサシと会った三人組は他の里の者に出会うと、先程の物音がフェンリル様の仲間達によるものだった事を聞かされた。

「えっ？　あの物音ってドラゴン！」

「ああフェンリル様の仲間の方らしい」

「ドラゴンが仲間って凄いなぁ」

三人がその事実にびっくりしている。

「それで、フェンリル様のご主人様が今行方知れずになっていて、どうにかその方を捜さないとこの森を沈めるらしい」

「し、沈める？」

「大層大切な主人らしいんだ」

「フェンリル様のご主人様。ドラゴンも従えるって、なんだよその人。どんだけ恐ろしい方なんだ、俺達が会っても大丈夫なのか？」

不安そうに聞く。

「それが黒髪と黒目の幼い女の子らしい」

「「えっ？」」

「信じられないよな、フェンリルのご主人様が子供なんて」

はぁとため息をつくが、三人の驚きは違うところだった。

「い、いや！　黒髪黒目の女の子だって!?」

「さっき、ムサシさんといた子じゃないか！」

「絶対そうだ！　迷子だって言ってた！」

三人組が各々に騒ぎ出す。

「一体どういう事だ？　ムサシさんがどうした？」

三人組を落ち着かせて改めて話を聞いた。

「さっき、ムサシさんに会ったんだよ。その時に後ろに黒髪黒目の女の子を連れていたんだ。迷子だから外まで案内するって言ってた！」

「よし、ムサシさんを捜してその子を預かろう！」

「お前達はムサシさんを追ってくれ。俺達はこの事をコジローさんに知らせに行く！」

「「了解！」」

みんなは一瞬で姿を消した。

◆

「さぁミヅキ、もう少しで外に着くぞ」

「ありがとう、あー良かった」

森の中をムサシさんの案内で歩き続け、ようやく森を抜けるところまで来たのだ。

「おい、誰もいないぞ？」

「あれ？」

私はコジローさんを待っていた場所をキョロキョロとうかがうが、見渡す限り誰の姿も見えなかった。

「場所が違うのかな？」

森の周りを歩いて行き様子をうかがうが、よくわからなかった。

「ムサシさんありがとう。ちょっとあっちに行ってみるよ！」

「大丈夫なのか？」

ムサシさんが心配そうについてこようとする。

「大丈夫、大丈夫！　シルバ達に念話を送ってみるから！」

【シルバ～、シンク～、コハク～、プルシア～！　おーい！】

【……】

あれ？　返事がない。

おかしいなと変な顔をしていると、ムサシさんが近づいてきた。

「そのシルバって人と話が出来たのか？」

「ううん、なんか出来ない。ってことは森の中にいるのかな？」

私はこれからどう動こうか考えていた。

「隠れ里に案内しようか？」

すると見かねたムサシさんが声をかけてくれる。

「いいの？　でも無断で入ったら駄目だって聞いたよ」

「まぁそうだが、ミヅキに害はないって俺が言ってやるよ」

「ムサシさんはいいの？　里に行くの、嫌なんでしょ？」

「……」

ムサシさんはグッと何かを堪えている。

「無理しないで、私は大丈夫。もう少しここで待ってみるよ」

私はまたねーと手を振ると森の外側を歩き出した。こうしていれば、いつかみんなが来てくれるかもしれない。

ムサシさんは私が見えなくなるまで見送ってくれていた。

どうするかなぁ～。

私は少し森の周りを散策してみたあと、木陰《こかげ》にしゃがんで様子を見る事にした。

しかし今のところ誰か来る気配はない。

「無駄に動いてもなぁ」

木陰《こかげ》に気持ちがいい風が吹く。

夜遅くからずっとプルシアに乗って移動し、霧の森で迷い歩き回り、念願の醤油《しょうゆ》を使った料理を食べてと、私の体力は限界を迎えていた。

少しだけとその場にもたれ掛かると、いつの間にか眠ってしまった。

◆

ミヅキと別れたムサシは、とぼとぼと洞窟《どうくつ》に向かって歩いていた。

するとガサッガサッっとまた気配がする。

また里の者達かと思っていると、目の前に真っ赤な鳥と黄色い獣が姿を現した。

【キャン！】

【コハク、こいつからミヅキの匂いがするの？】

【キャン！】

【お前！　ミヅキは何処だ！】

見た事もない赤い鳥は羽を広げてムサシの行く手を阻み、黄色い獣は反対側に行き毛を逆立てた。

「な、なんだこいつらは」

この森では見たこともない魔物にムサシは短剣を出して警戒する。

「ムサシさん！」

今度は先程の三人組が黄色い獣の横で武器を出して構えた。

「ムサシさん！　こいつらは？」

ムサシは顔の布をぎゅっと巻き直すと三人組と一緒に剣を構える。

「わからん、いきなり囲まれた！」

ムサシは赤い鳥に剣を向けたままジリジリと下がり三人の側に寄った。

「ムサシさん、先程一緒にいた黒髪の女の子は？」

一人がムサシにミヅキのことを聞いてきた。

【黒髪！】

【キャン！】

【ああ！　ミヅキの事だ！】

するといきなり魔物達が興奮するように騒ぎ出した。

「さっき外まで連れて行って別れた。連れの者がいなかったが、そこで待ってみると言っていた」

【ミヅキが外にでた？】

【キャンキャン！】

【よし、コハク戻るぞ。ちょっと身体掴むからね！】

赤い鳥は黄色い獣を足で掴むと、空に向かって飛び立ってどこかに行ってしまった。

「なんだったんだ？」

ムサシは急に飛び立って行った魔物達を呆然と見つめていた。

「もしかして今の話を聞いていたのか……」

飛び立って行った方角がミヅキと別れた方向と同じであることに焦りを覚える。

「ミヅキ！」

ムサシは三人の声も聞かず、無我夢中で走り出していた。

【なんなのこの森、全然飛ぶ方向がみえない！】

思うように飛べずにシンクがイライラする。

【キャン！】

するとコハクが何かを訴えた。

【わかった。じゃ、本気で飛ぶから、コハクはちょっと我慢してね。火傷したらあとで治してあげるから】

【ギャン！】

コハクが気合を入れるとシンクが真っ赤な炎を纏って羽ばたいた。

目の前にある障害物を全て溶かしながら一直線に突き進むと、バッと視界が広がった。

【出た！】

いつもの青空に出ると速度を緩めて炎を鎮める。

コハクを見ると背中の部分が少し焦げているが怪我を負っている様子はなかった。

【コハク大丈夫?】

【キャンキャン!】

コハクからも元気な返事がかえってきたのでシンクはホッとして回復魔法をかけた。

【じゃこのままミヅキを捜そう! ミヅキー! ミヅキー!】

【キャーン!】

呼びかけるが、反応がない。

【さっきの男が、外に連れて行ったって言ってたのに】

シンクは空から森の上をグルグルと旋回し続けた。

◆

「う、ううん……」

私は心地よい揺れに目を覚ますと、真っ白いふわふわの絨毯《じゅうたん》が目に入る。

「うわぁ、触り心地抜群、高そうな絨毯《じゅうたん》だなぁ」

ふかふかの襟足を撫でながら、また眠りにつこうとする。

「ガウ!」

シルバとは違う甲高い声の鳴き声が絨毯《じゅうたん》から聞こえた。

「うん？　シルバにしては声が違う……」

眠い目を擦りながら起き上がろうとする。

「うわぁ！」

バランスを崩して落ちそうになる所を絨毯《じゅうたん》にしがみついた。

「ガウッ！」

しっかりと絨毯《じゅうたん》を掴んで体勢を整えると、そこはシルバより少し小さい真っ白い狼の上だった。

「あれ？　なんで狼に乗ってるんだ？」

わけがわからないが落ちないようにと狼にしがみつく。

「狼さん、ちょっと止まって貰ってもいいかな？」

耳元で声をかけるとチラッと振り返り、渋々という感じで止まってくれた。

「ありがとう、えーと狼さんだよね？　なんで私、狼さんに乗ってるのかな？」

狼さんに聞いてみた。

狼さんは、コジローさんが変化した時と同じように一回転をすると、綺麗な色の白い女性の姿になった。

「あなた、なんであんな所にいたの？」

白い女性は私を見下ろして冷たく聞いた。

くっ！　くノ一《くのいち》！

冷たくされた事よりも女性の姿に興奮する。

「聞いてる?」

綺麗な女の人がイラッとしているのか、じっとこちらを睨みつける。

「えっ? えーと仲間を待ってました」

何故か怒られているような感覚に、思わず敬語で答えてしまう。

「コジロー様が捜しているわ、仲間の事は後でいいからとりあえず私についてきて」

そう言うと返事も待たずに走り出した。

「コジローさん?」

私は慌てて追いかけるが、子供の足では追いつけずにどんどんと離されてしまう。

「ま、待って……」

木々や草に手足や顔をぶつけながら一生懸命走るが、時々見失ってしまう。

「あっ」

女性の痕跡を探ろうと周りを見渡すが、気がつけばどっちに向かったのかもわからなくなってしまった。

「また、迷子」

立ち尽くしていると「何やってるのよ!」と先程の女性が怒りながら戻ってきてくれた。

「なんだってコジロー様はこんな子を……」

女性は面白くなさそうに私を抱き上げげた。

「あなた遅いから抱き上げていくわ、しっかりと捕まってなさい」

「はい、お手数お掛けします。よろしくお願いします」

女性は木々の間を流れるように走り出した。

「すごーい」

私は流れる景色を興味深そうに見ていた。

「おかしいわね。何だか木が避けていくような感覚があるわ」

お姉さんは森が不思議な感じがすると少し歩みを緩めた。

「お姉さんはコジローさんのお友達なんですか？」

景色を存分に見た私はお姉さんに話しかけた。

「コジロー様は私の目標よ、小さい頃から憧れていたの。それが帰ってきた途端にフェンリル様を連れてきたり、顔にあんな傷をつけていたり、ドラゴンまで来て森を沈めるって脅したり、一体どうなってるのよ！」

お姉さんの口調が段々と強くなる。

「しまいには黒髪黒目の子供を捜して連れてこいなんて……黒髪黒目、そんな不吉な者を里に入れるのは初めてよ」

「黒髪黒目？　それって私？」

「あなた以外に黒髪の子がいるの？」

ジロっとお姉さんに睨まれる。

「すみません。黒髪って珍しいんですか？」

「はぁ、あなたの事でしょ。黒髪黒目なんて魔の色だわ」

「魔の色？」

「魔族に多い色なのよ」

「そうなんだ」

私が黙ると女性が少し気まずそうにしてしまった。

「ま、まぁ、魔力が高い者にも現れたりするみたいだけどね」

言い過ぎたと思ったのかフォローするように言う。

「ふふ、気をつかって頂いてすみません。大丈夫ですよ。ただ私は何者なのかなぁって、考えてただけですから」

笑って答えるとお姉さんの足が止まった。

「自分が何者かってどういう事？」

お姉さんが力を少し込めて抱きしめてきた。

「私、ここ一年くらいの記憶しかなくて、何処で生まれたとか何処から来たかとか覚えてないんですよねぇ〜」

軽く他人事のように話した。

実際この体になって気がつく前の記憶はなかった。

「あなた、今何歳なの？」

「あっ自己紹介がまだでした。私ミヅキって言います、年齢は大体六歳です！」

「嘘！」

「親代わりの人が歳を決めたんで」

びっくりしているお姉さんにあははと笑いかける。

「見えないわね、六歳ってうちの里のタローと同じ歳かしら？」

ジロジロと私を値踏みするように見つめる。

「ほら女の子ってませてるから」

「まぁ、そうね……」

渋々だが納得したようだ。

「それで記憶がないってどうしたの？」

聞きづらそうにするので、あえて明るく答える事にした。

「気がついたら森にいました。シルバっていう子に出会って、ベイカーさんっていうかっこいい人に拾われて、親代わりになってもらいました。セバスさんっていう怒ると怖いけど優しい人も大事にしてくれるから、まぁいいんですけどね」

「よくはないんじゃないかしら……」

「今、目の前にいる人達と楽しく過ごせているから、問題なしです」

ニシシ！　と歯を見せて笑うとお姉さんが柔らかい表情になる。

「変な子」

「あー、それよく言われます」

「あっ、言われるんだ。あなたミヅキって言ったわね。まぁ悪意とかはなさそうね。コジロー様が一緒にいるんだから、万に一つもそんな事はないと思ってたけどね」

「お姉さん本当にコジローさん好きだね」

コジローさんの事しか話さないお姉さんをニヤニヤしながら見つめる。

「なっ、違うわよ！　コジロー様はそりゃ好きだけど……好きってそういう事じゃなくて、尊敬って意味よ！　人として、いや男性としても素敵だけど……あー！　とにかく違うから！」

真っ白い顔を赤くして抗議している。

「ぷっお姉さん必死すぎ」

あははは！　と思わず大声で笑ってしまった。

「もう、こんな子供にからかわれるなんて……」

お姉さんは恥ずかしそうにするが、私を抱き上げているので顔を隠すことも出来ないでいた。

「ふふ、お姉さん可愛いね」

「まったく！　大人をからかうもんじゃないわよ！」

キッっと私を睨むが最初の怖い感じは全くしない。お互いに顔を見合わせて噴き出して笑い合った。

「あーもう、私はユキよ。ミヅキ、改めてよろしくね」

「はい！　ユキさんよろしくお願いします」

ユキさんが手を差し出し、私は両手でしっかりと握り返した。

「ユキさんは白い狼になれるの？」

また走り出したユキさんに抱かれながら、私は気になっていた事を聞いた。

「ええ……」

ユキさんが言いにくそうに答える。

「白い狼なんてかっこいいですね」

「そうかしら、私はあんまり好きじゃないわ」

「なんで？　白い狼なんて貴重だよね。しかもあの毛質、触り心地最高だったよ。シルバに負けず劣らずね」

「さっきも言ってたわね。シルバってもしかして狼なの？」

「シルバ？　シルバはフェンリルだよ！」

ユキさんがまた急に止まると私は落ちそうになった。

「えっシルバ……さん、いえ、様ってフェンリル様なの？」

「うん、多分コジローさんと一緒にいた子だと思うよ。ドラゴンもプルシアの事じゃないかぁ？」

「えっちょっと待って！　私、黒髪の子を捜せって事しか聞いてないんだけど、もしかしてミヅキって重要人物？」

「そんな事ないよ。シルバ達が怒ってるのって私の事だから。あーどうしようかな、嘘泣きでもして謝るかなぁ」

私は今からみんなに説教を食らうのかとため息をついた。

「そ、そう？　でもなんだかすごく嫌な予感がするから、ちょっと急ぐわね！」

「えーユキさんゆっくりでいいよ。今言い訳を考えてるから」

「やっぱりなんかおかしい！　急ぐわよ、おしゃべりやめて！」

ユキさんは凄い速さで森の中をかけて行った。

◆

【ミヅキ、何処にもいない】

森を一周してきたがミヅキをみつけられらず、シンクは元気なく言う。

【クゥーン】

コハクも寂しそうに鳴いている。

すると森の中から誰かが飛び出してきた。

ミヅキかと思い近づくと、先程森で会った布を顔に巻いた男だった。

【あいつさっきミヅキの匂いがした奴だよね？】

【キャン】

「お前達ミヅキは？　ミヅキの後を追いかけていたんじゃないのか？」

僕達に向かって叫び出した。

【やっぱりこいつ、ミヅキを知ってるんだ】

怪しい男の事をうかがう。男はキョロキョロと周りを見回した。どうやらミヅキの姿を探しているようだった。

【こいつもミヅキを捜してる？】

敵意はなさそうな男を見つめて、首を傾げた。

「なんだ、襲ってこないのか？」

男も何かを感じたのか、武器をそっと降ろすとしまってしまう。

「あーもしかしてミヅキの仲間なのか？」

僕は羽を広げてそうだとばかりに頷いていた。

「やっぱり、ミヅキが捜していた仲間ってお前たちだったのか。てっきり人だと思ってた。俺は、さっきまでミヅキといて仲間とはぐれたから外まで案内してくれって頼まれてここまで連れてきたんだ。その相手がお前らでいいのか？」

【そう、そうだよ！　ミヅキ、よかった〜無事だったんだ】

全身でそうだと表現すると、男は了承と受け取ってくれたようだ。

「だけど、ミヅキはここで待ってみるって言ってたぞ？」

ふるふると首を振っていなかった事を伝える。

「おかしいなぁ」

男が心配そうな顔を見せたあと、なにか決心する。

「よし！　里まで案内しよう。きっとそこに行けば何かわかるかもしれん」

コハクを見るとコクコクと頷いている。僕は男に向かって頷いた。

「その代わり、絶対に変な事するなよ。そうしたら困るのはミヅキだからな」

【わかってる。シルバじゃないし】

僕はコクっと頷いた。男はその様子にホッとしたように胸を撫で下ろしていた。

「じゃ付いてきてくれ、案内する」

そう言うと大人しくついて行く僕らを何度も振り返り確認しながら、霧の中を進んで行った。

◆

【ミヅキはまだ見つからないのか！】

【もう少し、もう少し待ってください】

ビリッと空気が張り詰めると、里に待機している者達が下を向く。今にも暴れだしそうなシルバをコジローが一生懸命宥めている。

【落ちつけシルバ、お前が怒りをぶつけてもミヅキは見つからないぞ】

プルシアにも言われて、不機嫌にドカッと地面に伏せた。

コジローも心配そうに今か今かと周りを見ている。

「コジロー様！」

すると里の女が駆け込んできた。

「ユキ、あっ！　ミヅキ！」

【なに！】

バッと立ち上がると、駆け込んできた女の後ろからヒョイっとミヅキが顔を出した。

【やっほーシルバ、コジローさん。迷子になってごめんね～】

あはは～と軽く謝ると、シルバの顔がみるみると怒りに染まっていく。

構わずに私に向かって駆けてくると、ユキさんがあまりの恐怖に立ちすくんだ。

【ミヅキ！　心配かけて、なんで大人しく待ってられないんだ！】

【いや、待ってたよ！　ちゃんと外にいたんだけど、こうちょっと霧を触った途端にヒュって中に入っちゃったんだよね～】

【まったく、こっちにこい！　無事な姿をちゃんと見せてくれ！】

ユキさんに下ろして貰うとシルバに駆け寄って抱きつく。

【シルバ、ごめんね～。あーシルバの触り心地はやっぱり最高だね！】

喉元から顔にかけてワシワシと撫で回していく。シルバの好きなところは知り尽くしていた。至福の時間なのに周りが騒がしくなってきた。

「ミヅキすまなかったな。ちゃんと説明すればよかったよ」

するとコジローさんが私の無事に安堵《あんど》しながら話しかけてきた。

「コジローさんは悪くないよ。やっぱりちゃんとじっとしてなかったのが良くなかったよね、反省してます。だからこの事はあの二人には内密に……」

「それは……」

コジローが困った顔をしていると甘えていたシルバが口をはさんだ。

【ベイカーとセバスには、きちんと俺から言っといてやる】

【シルバ〜そんな〜】

やっぱりダメかとガックリと肩を落とした。

【それで？　シンクとコハクはどうした？】

てっきりシルバ達のそばにいるのかと思っていたが近くにいない。

【えっ？　シルバと一緒じゃないの？】

【ミヅキが森の中に入った途端に、あのふたりも飛び込んで行ったぞ】

するとプルシアがパタパタと飛んできた。

【あっプルシア〜、ちっちゃくなってる〜！　可愛い！】

プルシアにギュッと抱きついた。

【元いた場所に戻ったけど、ふたりの姿はなかったよ？】

【何？　じゃあ、まだ森の中をさ迷ってるのかもしれんな】

「ミヅキはよく外に戻れたな、普通は中々出ることができないものなんだが」

コジローさんが不思議そうに聞いてきた。

「あっそうそう！　迷っていたらムサシさんに会ったんだよ。コジローさんのお兄ちゃんなんでしょ？」

「ムサシ兄さんに会ったのか？」

「うん！　ムサシさんが私が探していた食材を作ってたんだ。それでちょっと興奮して、迷っている事も忘れて料理してました。すみません」

色々と思い出し段々と声が小さくなる。

【はぁー……】

シルバがガクッと頭を垂らして盛大にため息をついた。

【シルバ、ごめんね〜後で美味しいご飯作るから……ね？】

ご機嫌を取るようにシルバの顔色をうかがう。

【うっ……いや駄目だ！　たまには反省させないと。ミヅキはしばらく飯抜き！　は可哀想だからお代わりなしだ！】

うーん、シルバは甘いね。そんな所が大好きだけど……

シルバにギュッっと抱きついた。

【私のお代わりの分はシルバにあげるね】

【まぁ、反省すればいいからな】

【やっぱりシルバは優しいね〜】

優しいシルバに頬ずりする。

「ミヅキは兄さんに会ったんだな、どうだった？」

コジローさんが懐かしそうな顔で聞いてきた。

「コジローさんに似てた。性格もコジローさんと一緒でイケメンだったよ。優しい素敵なお兄ちゃんだね」

ニコッと笑いかける。

「ミヅキならそう言ってくれると思ってたよ。ありがとう、そうなんだ、自慢の兄なんだ」

兄を褒められコジローさんが嬉しそうに喜んでいた。

「コジロー、すまんが今の状況を説明してくれるか？」

そばにいたおじいさんが恐る恐る声をかけてきた。

「あっ、長老すみません！　この子がシルバ様のご主人様のミヅキです。こちら俺の里の長老のハンゾー様だ」

そこには白髪に杖をついている作務衣《さむえ》のような服を着た老人がいた。

「長老!?」

私は急いで前に出るとペコッと頭を下げた。

「長老様、この度はコジローさんに無理を言って里に連れてきていただきました。少しの間ですがお世話になります」

【ほら、シルバもプルシアもちゃんと挨拶したの？】

【い、いや俺達は……】

シルバが嫌そうに一歩下がった。

「シルバもプルシアもお世話になります」

私が再び頭を下げると二人もしょうがなさそうに頭を下げた。

「……」

バタン！

すると長老様が後ろにそのまま倒れ込み気を失ってしまった。

「えっ？　えっー！　な、なんで！　どうしたの長老様、大丈夫？」

私は駆け寄ると、長老様は泡を吹いてピクピクと痙攣している。

「コ、コジローさんどうしよう！」

回復魔法をかけてみるが中々目が覚めない。

「あー多分大丈夫だから、ちょっとショックを受けただけだと思う。誰か小屋に運んであげてくれ」

コジローさんが声をかけると数人が恐る恐る近づいてくる。

【ちょっとシルバ、なんかしたの？】

みんな怯えているように見えてシルバに聞いてみた。

【ミヅキだろ、何かしたのは】

【えーどういう事？】

全く身に覚えがなくなんで？　と首を傾げた。

とりあえず長老様を小屋に運んでこれまでのお互いの経緯を話した。

「じゃ今はシンクとコハクが迷子なんだね」

まさか二人が迷子になっているとは思わず心配になる。

これからどうしようかと話し合っていると人が訪ねてきたと里の者が知らせにきた。

「長老は？　ムサシさんが来たんだが……」

「ムサシさん！」

知っている人の名前にピョンっと立ち上がると外に駆け出した。

里の中を見回すと布を巻いたムサシさんが目に入る。

「ムサシさーん！」

私は大声でムサシさんに駆け寄った。

「ミヅキ！　無事着いてたのか、よかった」

ムサシさんが手を広げて迎えてくれた。

私は躊躇なくムサシさんの胸に飛び込んでいった。

「ミヅキ森の外で赤い鳥と黄色い獣に会ったんだが、知り合いか？」

「シンクとコハクだ！　森の外にいるんだ」

「やっぱりミヅキの仲間だったんだな。今里の外まで案内してきたんだ。とりあえず確認してからと思って、待っててもらってるんだ」

「うっそ！　ムサシさん凄い気が利くね、ありがとうございます！　シンク達は外に？」

ムサシさんの案内で里の外に出ると赤と黄色の固まりが飛んできた。

【ミヅキー！】

【キャンー！】

【シンクー、コハクーごめんね〜】

飛んでくるふたりに抱きつくと顔をスリスリと近づける。

【もー心配したよ！　この森、全然念話が届かないんだもん！】

【キャン！　キャンキャーン！】

【そうだよねー。私も森の中を迷ってたらムサシさんが助けてくれたんだ。シンク達も案内してもらったんだね！】

【あーその布男ね、ミヅキの匂いがしたから様子をうかがっていたら、案内してくれたんだ】

【ムサシさんって言うんだよ。コジローさんのお兄ちゃんなんだって！】

【へー】

あんまり興味がなさそうな返事をする。

とりあえずみんなにムサシさんを紹介した。

「ムサシさん、こっちの鳳凰《ほうおう》がシンクでこっちのケイパーフォックスがコハクだよ。私はテイマーなの。ふたりは従魔なんだ」

「ほ、鳳凰《ほうおう》……確かに見たことない鳥だ、それに凄く強そうだと思ったよ」

「シンクも強いけどコハクも強いよ！　でも一番はシルバかなぁ」

「鳳凰《ほうおう》よりも強い従魔がいるのか？」

「あと、従魔じゃないけどドラゴンのプルシアもいるよ！」

「やっぱりミヅキは普通じゃないな」

ムサシさんが呆れながらため息をついた。

「ムサシさんにもシルバとプルシアを紹介するね」

私は里の中にムサシさんを連れていこうと腕を引いた。

「いや、俺は二匹を案内しに来ただけだから」

そう言って里には寄らずに帰ろうとする。

「ムサシ兄さん！」

するとコジローさんが帰ろうとするムサシさんに声をかけた。

「コジロー、久しぶりだなぁ」

懐かしそうにしている優しい瞳が布のすき間から見える。そしてコジローさんの傷を見つけて驚いていた。

「お前、その傷……」

恐る恐る手を伸ばして傷の手前で止まる。

ムサシさんの辛そうな瞳にコジローさんは笑ってみせた。

「兄さん、これはカッコイイ傷なんだよ。冒険者の証さ、だから褒めてくれよ」

コジローさんの言葉にムサシさんは驚いた。

「コジロー、お前強くなったなぁ、俺は誇らしいよ」

ムサシさんの嬉しそうな声に、コジローさんも笑顔がこぼれる。

「その傷カッコイイよね！　やっぱり、私も……」

そう言いながら頬を触った。

「駄目だ！」

コジローさんがみなまで言わせない。

「ミヅキはそのままでいいんだよ」

コジローさんが愛おしそうに私の頭を撫でる。

「コジロー、お前ミヅキとどんな関係なんだ？」

ムサシさんは私とコジローさんの関係に疑問を持ったようだ。

「ミヅキは俺の命の恩人かな……」

「「はっ？」」

思わぬ言葉に私とムサシさんが驚きに口を揃える。

「コジローさん、何言ってんの？」

冗談でも言っているのかと顔を見るがそうでもまさそうだ。

「別に嘘を言っているわけじゃないぞ。俺は、初めてミヅキに会ったあの日に心を救われたんだ。しかもミヅキは我らフェンリル様の主人、これは運命だと思ったよ」

「運命……」

「フェンリル？」

私とムサシさんはお互い違う所に反応する。

コジローさんの言葉は何だかむず痒くいたたまれない。あの日の事を思い出してみるが、なにをしたのかよく覚えていなかった。

照れている私にムサシさんが恐る恐る話しかけてくる。

「ミ、ミヅキさっき言っていた一番強い従魔ってのはまさか……」

「あぁシルバの事？　うん、フェンリルだよ」

ムサシさんは顔をみるみる赤くすると「聞いてないぞー！」と声を張り上げて抗議してきた。

「そうだっけ？」

聞かれてないんだから私のせいじゃないもんねー！

私はぷいっと横を向いた。

外で話していてもなんなので里に戻ろうとするが、ムサシさんはなかなか覚悟が決まらないでいる。

【ミヅキ、何してる！　サッササと中に入れ！】

シルバがなかなか戻って来ない私を心配して顔を出した。

シルバの姿にムサシさんがビシッと直立で固まる。

【お前もいいから入れ！】

「はい！」

「えー？　なんでシルバの言うことは聞くの？」

いくら私達が言っても動かなかったのにと納得いかないでいる。

「だってフェンリル様だぞ！　俺達にとっちゃあ絶対的な存在だ」

「シルバすごいね、そんなに慕われてるんだ」

【俺はこいつらの事なんか知らん！　もうずっと昔の事だし、もう違う奴が継いでるだろ】

「それでもかつてこの土地を治めていた方ですからね」

コジローさんが苦笑する。

「コジローさんはシルバに慣れちゃったよね～」

シルバがコジローさんと仲良しになったことが嬉しくて笑ってしまう。

「ミヅキの側にいるシルバさんを見てるからかな」

「私の側？　私といない時は違うの？」

「えっ？」

コジローさんが固まった。ねーねーと体を揺すって聞いてみるがコジローさんはチラッとシルバを見たあと、だんまりを決め込んだ。

みんなでそのまま里の中心部に向かうと、ユキさんがムサシさんに気がついて近づいてくる。

「ムサシさん、久しぶり！　まだその気持ち悪いのつけてんだ」

ユキさんからの痛恨の一撃に、ムサシさんがビクッと顔を強ばらせてさらに布を深く被る。

「ユキさん、気持ち悪いのってなに？」

なんだかユキさんの言い方が気になり聞いてみた。

「ムサシさんが顔に巻いている布よ！　ムサシさん、あれを巻いてから人が変わったように暗くなっちゃって、里のみんなも心配してるわよ」

「えっ？」

ユキさんの言葉にムサシさんが声を上げた。

「気持ち悪いって……その布のこと？」

「なんだそれ……」

ムサシさんがガクッと膝から崩れ落ちた。

「ぶっ！」

私はその様子に申し訳ないが笑ってしまった。そしてムサシさんが巻く布に鑑定をかけてみた。

《呪われた布》
被ると思考が悪い方へと引っ張られる。
運が悪くなる。人が距離を置く。
不幸になればなるほど大切な人が幸せになる。
引きこもると物作りの腕が上がる。

「ムサシさん、その布どこで手に入れたの？」

ムサシの布を訝しげに見つめる。

「これか？　人里に出た時にジロジロ見られたからなんか隠せる物を、ってそこら辺の店で適当に買った」

「その布さ、呪われてるよ」

「はっ？」

「ちょっとそれ脱いで貸して！」

ムサシさんの布を取り上げると収納にしまった。

返せとばかりに手を伸ばしてくるが、シルバがひと睨みするとムサシさんは大人しく下がった。

「こんな変なのをつけてるから、みんなに気味悪がれたんだよ！」

「避けられてたのは、俺の顔じゃなくて布のせい？」

「ムサシさんやっぱり隠さない方がいいよ。ユキさん達もそう思うよね」

私は確認するようにユキさん達に問いかけた。

「ええ、あの気持ち悪い布のせいで、みんな距離を置いてたんだから」

「そうなのか？」

「当たり前でしょ。ムサシさんの顔なんて子供の頃から見てるのよ！　別に変だなんて思った事も、なくはないか……」

「ユキさん！」

「まぁ、なんで犬？　とは思った事もあるけど、私達はみんな、犬やら狼になれるんだから同じでしょ」

ユキさんがあっけらかんと言うと、里の人達もうんうんと頷く。

「そうだよ。ムサシさん、話しかけても顔も見てくれなくなったし、ボソボソと話して俺達の事が嫌いなのかと思ってたよ」

里の人達が寂しそうに笑った。

「いや、そんな事はないが……」

「わかってるよ。だって、森で困ってるとこっそり助けてくれたりしてただろ？」

「気づいてたのか？」

ムサシさんが里の者の言葉に驚いている。

「なんでかバレたくなさそうだから、気が付かないフリしてたよ」

「なんだ……全部俺の勘違いだったのか」

「そうじゃ、なのにお前は早とちりしおって！」

「あっ、長老様が復活した」

里の人に支えられて長老様がムサシさんの前に歩いてくる。

「しかし長老様は里から出てけって」

「だーかーら！　その気味の悪い布を巻くなと言ったんじゃ。里に持ち込んでいいものとは思えなかったからの。そしたらお前が急に出ていってしまったんだろ！」

「えっ？」

「なんだかよく聞こえてないような虚ろな目をしとったからな、今思えばあの布に操られていたんだろう。何度も説明に行こうとしたのに、お前は逃げて全然会えなかったからな」

「俺は今まで一人で勝手に勘違いしてたのか」

ムサシさんがガクッと膝をつくと、私はそっと肩を叩いた。

「だけどそのおかげで醤油《しょうゆ》と味噌《みそ》が出来たみたいだよ」

ニヤッと笑う。

「あの布、引きこもると物作りの腕が向上するんだって。職人用アイテムみたいだね。だからムサシさん、あの調味料を作れたんだよ」

「そうなのか」

「うん！　せっかくだからみんなにも食べてもらおうよ！」

「あぁそうだな！　あの味は一度食べたら忘れられない」

「そうだ、ムサシさん。後で調味料を売ってね、全部買い取りたいくらいだけどそういう訳にもいかないよね」

「いや、ミヅキのおかげで里の者とまた話す事が出来た。醤油《しょうゆ》と味噌《みそ》は好きなだけ持っていっていいぞ。また沢山作るから」

「ダメだよ！　これはちゃんとお金を出して買わないといけない物だよ。醤油《しょうゆ》だよ！　味噌《みそ》だよ！　これから絶対みんな買いにくるよ！」

興奮してムサシさんに詰め寄った。

「お、おお……わかったよ。なら人里で売っていた値段でいいぞ」

「いくらなの？」

「醤油《しょうゆ》は一瓶銅貨一枚だ」

「安すぎ！　次から銅貨五枚でいいよ！　わかった？」

「はい……」

ムサシさんが値段を上げられてたじろいでいる。

「ミヅキ、目当ての食材を兄さんが作っていたのか？」

コジローさんが私達のやり取りに加わる。

「そうなの、これから料理を作るからみんな食べてみて！」

これで気に入って貰えたら、大々的に里で作ってもらおう！

私は心の中で一人ほくそ笑んでいた。

【あー絶対ろくな事考えてないな】

【ミヅキって食の事になると残念な子になるよね】

【キャン！　キャン！】

【わかっている。そんなミヅキだって可愛いいって事はな】

【もちろんだよ！　そんなミヅキを僕らは好きなんだからね】

お目当ての食材に周りが見えていない私を、シルバ達は諦め気味で見つめていた。

三　里の料理教室

「早速ムサシさんの醤油《しょうゆ》を使った料理をつくるよ。まずは小麦粉に塩、水。これを混ぜて捏《こ》ねます」

私はキョロキョロと周りを見て、興味深そうな里の人に声をかけた。

「誰か料理を手伝いたい人いますか？」

「新しい料理かい？　興味あるねぇ」

恰幅のいいおばちゃんくノ一《くのいち》が声をかけてくる。

「じゃ一緒に作って下さい。簡単ですから」

ニコッと笑って場所を開けた。

「あら、よく見ると可愛い子だね。本当にフェンリル様のご主人様なの？」

「ミヅキです。そんなご主人様なんて、シルバは家族で友達で私の事を守ってくれる頼れるお兄ちゃんかな。だからフェンリルとか関係ないの！」

「そ、そうかい。まぁ、フェンリル様の態度を見てると、可愛がられているのは確かだね」

「そんなの気にしないで下さい。私は私。だからおばちゃん、ミヅキって気楽に呼んで欲しいなぁ」

お願いするように下から覗き込む。

「いいのかい？　こんな可愛い子が娘ならねぇ」

笑って頭を撫でてくれた。

「ウメさんいいのかい？　フェンリル様のご主人様に！」

他の人が心配そうに声をかけてくる。

「いいんですよ。皆さんもよかったら手伝って下さい！」

声をかけると里の女性達が怖々集まってくる。

「じゃ皆さん、今から私のことはミヅキって呼んで下さいね～。あっ！　様は駄目ですよ。こんな小さい子に様付けなんて、教育に良くないですからね！」

「だけど、フェンリル様が……」

皆がチラッとシルバの様子をうかがっている。

「シルバには私が言っておきますから大丈夫です。ねっシルバ！」

【あぁ、ミヅキの好きにすればいい】

シルバは気にした様子もなく、欠伸をするとその場に寝転んでしまった。

「フェンリル様がいいなら。じゃあミヅキちゃんよろしくね」

ウメさんが代表して呼んでくれた。

私は嬉しくてニコニコと破顔する。

「えへへーよろしくです」

里のおばちゃん達と打ち解けているとムサシさんが声をかけてきた。

「ミヅキ、じゃ俺は醤油《しょうゆ》と味噌《みそ》を取りに行ってくるから」

「じゃあ手伝える人はムサシさんについて行って、ついでに帰りに食べられる野草を採ってきてくれると嬉しいなぁ」

「食べられる野草？」

「山菜《さんさい》とかってわかる？」

「あぁ大丈夫だ」

「コジローさんもムサシさんと行っていいよ！」

コジローさんに声をかける。

「わかった。そっちはまぁ大丈夫だろ。ユキ！　ミヅキをよろしく頼むぞ！」

コジローさんがユキさんに私のことを頼んだ。

「ひゃっ！　ひゃい！」

ユキさんがコジローさんに話しかけられて緊張のあまり噛んでしまった。

ニヤニヤとユキさんを見ると私の視線にユキさんが気づき睨んでくる。

「ミヅキー、なによ！」

「別にぃ～」

なんか可愛くてクスクスと笑ってしまった。

「ユキさんも料理作ろうよ。美味しいの作ってコジローさんに食べてもわないと！」

「べ、別にコジロー様だけに作るわけじゃ。そりゃ食べてもらいたいけど……」

ゴニョニョと語尾が小さくなる。

「ふふふ、ユキさん可愛いね。大丈夫、これを食べれば男なんてイチコロで落とせちゃうよ！」

「「「本当に⁉」」」

意外と他の人まで食いついてきた。

「私の昔いた所では、男を掴むなら胃袋を掴めなんて言われていたような、いないような」

「何それ！　どういうことですか⁉」

「えっと、美味しい物を食べさせて、それなしでは暮らしていけないように男の体を改造するって事かな？　ご飯が美味しいと必ず家に帰ってくるだろうし」

「「「旦那がまっすぐ帰ってくるって事かい！」」」

おっと、今度はおばちゃん達も食いついいきた。

「や、やっぱりご飯は美味しいのが一番だからそうなるんじゃないかなぁ。私なら美味しい料理を作ってくれる奥さんは魅力だし、付き合いたいって思うけど……」

私の言葉にみんなは顔を見合わせる。

『ミヅキさん！　是非料理を教えて下さい！』

顔が真顔すぎて怖い女性陣に囲まれて私はブルブルと震えていた。

【シ、シルバ？】

【いや、無理だ、俺も怖い】

【うっなんでよ～、従魔でしょー！】

【可愛い子には試練も必要だからな、ミヅキの成長を妨げる訳にはいかん】

【こんな試練いらないー！】

迫り来るおばちゃん達を落ち着けようと大声をあげる。

「み、皆さん落ち着いて下さい！　ちゃんと教えますから！」

「そ、そうね。ほほほ……興奮しすぎちゃったわ」

「さぁ皆さん協力してミヅキさんから料理を習いましょう！」

『ええ！』

離れて行くみんなにホッとしていると、呆然と今までの光景を見つめる男性達が目に入る。

うわぁ……今の見られてた。

女性達は興奮して、男性陣の目線に気がついてないようだった。

私はコジローさんにアイコンタクトをして、早く男性達を連れて行ってと伝える。

ハッと気がついたコジローさんが呆然としてる男性達を、そっと里の外に連れ出して行った。

「見たかあれ？　俺たち、何を食わされるんだ」

「女房のあんな顔久しぶりに見た。なんか狩られる気分だったぞ」

「改造されるって、どういうことなんだ？」

「怖い……怖い……怖い」

怯える男性陣にコジローさんが明るく声をかける。

「みんな大丈夫か？　そんな怖がらなくても、ただ美味しい飯を食わせてくれるだけだよ……（多分）」

「おい！　ムサシとんでもないもんを作ったな！」

一人がムサシさんに八つ当たり気味に声をかけた。

「そうだ！　ムサシの作ったもんが、みんなをあんなに興奮させる物なんだろ！」

ムサシさんがみんなに責められている。

「いや、俺もあんなに美味いもんだって知らなくてな」

「『食ったのか？』」

「あぁミヅキが作ってくれて、あれをまた食べられるなら確かに直ぐに家に帰るな」

ムサシさんはナスの味噌炒めを思い出したのか、ごくんと唾を飲み込む。

「そ、そんなに美味かったか？」

「どんな味なんだ！」

「甘辛くてちょっと濃い味だが、野菜が苦手な俺が全部たいらげちまった」

「なんかちょっと腹が減ってきた」

「そ、そうだな。女達は怖かったが飯に罪はないもんな」

「俺達が女達の思惑に落ちなければいいだけだ」

男性陣はそうだそうだと自分を納得させるように声をあげる。

「あー、これは絶対みんな落ちるな」

思惑通りになりそうな予感にコジローさんは一人ため息をついた。

コジローさん達がムサシさんの醤油《しょうゆ》と味噌《みそ》を取りにいっている間に、私は料理の準備を始めた。

「じゃ皆さ〜ん。これから作るのは〝うどん〟です！」

『うどん？』

「小麦粉を使った麺料理ですよ。簡単だしアレンジもし放題。基本が作れたら自分で好きな味にしてみてください」

小麦粉と塩を収納から出すと、土魔法で広いテーブルを作る。

上にシルバに綺麗な石で板を作ってもらった。

「みんなに渡しますから一緒に作って行きましょうね。まずは小麦粉をこのカップ二杯分すくって容器に入れて下さい！」

みんなにうどんを捏《こ》ねる容器を渡していくと次々に自分の分を取っていく。

「そしたら今度は塩水を渡します！」

カップに予め塩水を作り渡していく。

「小麦粉にこの塩水を少しずつ加えてながら混ぜて下さい、水の量は様子をみながら入れていくので一気に全部入れないでねー」

見本でチョロチョロと塩水を加えながら小麦粉を混ぜていく。するとバラバラとそぼろ状になってきた。

「ミヅキちゃん、なんかポロポロしてるけどいいのかい？」

「大丈夫です。そうしたら粉をひと塊に集めて下さい」

団子状に固めると。

「じゃこの状態で少し休ませます」

綺麗な布に巻いて休ませておく。

「結構簡単だね！」

「楽ねぇ！」

ふふふ…大変なのはこれからだ！　私はニヤリと笑った。

休ませている間に先程作った角煮《かくに》とナスの準備もしておく。

お湯も沸かして準備万端！

「そろそろいいかなぁ」

うどんの生地《きじ》をつんつんと指でつついてみる。

「じゃ皆さん、ここからが大変だよ！」

石板の上にうどんを置く。

「これからうどんを踏んでいくよ」

「踏む？」

「食べ物だよね？」

「踏んでいいのかい？」

「うん、手で捏《こ》ねるのは大変だから、その代わり足は綺麗にしようね。靴下は特に綺麗な物をはいて下さい」

私は布の上からうどんを踏むが重さが足りないようで上手く踏めない。

「あれ？　あれ？　沈まない」

「どれ？」

おばちゃんがぐいっと踏み込むとグニャっと跡がつく。

「おっ意外と気持ちがいいね！」

私の分もおばちゃん達が踏んでくれた。

「ある程度踏んだら、また生地《きじ》をまとめてまた踏んで、を繰り返します」

「踏むのも結構力がいるわねー」

おばちゃんの達が疲れてくると。

「そうだよね～、何か他のものを踏んでる気分でやってみれば？」

「そうねぇ……じゃ朝から『おい！』しか言わない旦那だと思って」

ドスン！　ドスン！

「なら私は、食べたら食べっぱなしのあいつの頭だと思って」

「私は人里にいくと、いっつも手を触りながらお釣りを渡すあの肉屋のオヤジだと思って！」

ガシ！　ガシ！

「あの親父そんな事するの？」

「私なんかがいくと顔もあげないわよ！」

ドス！　ドス！

女性陣の溜め込んだ鬱憤《うっぷん》のおかげで美味しいうどんが出来そうだ。

私は巻き込まれないように少し離れて見守っていた。

うどんも無事？　捏《こ》ねられていよいよ伸ばしの作業にはいる。私は木の伸ばし棒を出すとテーブルに打ち粉を広げた。

「今度はこの棒で生地《きじ》を伸ばします」

打ち粉の上に生地《きじ》を乗せて、ある程度手で伸ばしてから棒で伸ばす。

「手が届かない……」

私の体では木の棒が上手く持てずプルプルと手が震える。

頭では工程がわかっているのに小さい体のおかげで上手く出来ないでいた。

「ミヅキちゃん、代わろうかね？」

「はい、お願いします……」

私が棒をおばちゃんに渡すと、おばちゃんは器用に生地《きじ》を伸ばしていく。

「おばちゃん上手〜、たまに生地《きじ》を回すと均等に伸ばせるよ！」

他の人達もなかなか上手に伸ばしているが、一人苦戦している人を見つけた。

「ユキさん？」

「な、何よ……」

「なんでそんなに形になってるの？」

ユキさんが伸ばした生地《きじ》は凸凹で、所々穴があいている。

ユキさんてもしかして不器用？

「これって意外と難しいわ、力が入ると薄くなっちゃう」

「おばちゃん達は上手だよ」

「あの人達は年季が違うから！」

ユキさん？　周りの視線が怖いよ。

「あら〜ユキちゃんは不器用ねー。これじゃあ旦那さんになる人は大変だわ！」

「そうねぇ〜、チヤホヤされるのは若いうちだけだからねぇ。ユキちゃんはこれ以上婚期が延びると危ないわねぇ」

おばちゃん達は綺麗に伸ばせた生地《きじ》を見せつけるようにユキさんに絡んでいた。

「そ、そんな事ないわよ！　どうにかなるわね？　ミヅキ？」

ユキさんが私に助け舟を求めてくる。

「いや、練習あるのみかな？　ユキさん、おばちゃん達にお願いしなね」

「うっ……ううっ」

ユキさんが悔しそうに唸っている。

「みんな綺麗に伸びたから今度は切っていくよ。一センチくらいの細さに合わせてね。一枚切ってみるね！」

添え板を作って一センチの太さに均一に切る。

「これをお湯で茹でて食べるんだよ。茹でるのは食べる前にするから、切って準備しておこうね」

おばちゃん達が器用に切る中、ユキさんが切るうどんがまばらな形で成型されていく。

「ユキさんが切ったのは……後で別に茹でようね」

「ちょっとミヅキ、それってどういう事よ！」

「だってユキさんのうどん、みんなと同じ時間で絶対ゆでらんないよ！　太さが倍じゃん！」

「まったく、ミヅキは小さいくせに細かいんだから」

「小さいのは関係ないし、ユキさんがズボラすぎるんだよ」

ユキさんがブツブツ文句をいうが、無視無視！

あらかた切り終わると、男性達が帰ってきた。

「ミヅキ〜ただいま〜」

コジローさんが手を上げる。

「コジローさんムサシさん！　みんなおかえり〜」

「ほら、ミヅキのお目当てのものだぞ」

醤油《しょうゆ》と味噌《みそ》の瓶を出される。

「やった！」

「あとは山菜《さんさい》だ！」

みんなが各々採ってきた山菜《さんさい》を出してくれたので、鑑定をして見ていった。

「おっ！　これはヨモギに似た味だって！　後はあっ、シソだ！　これも天ぷらにいいねぇ〜」

食べられそうな野草を分けていく。

「これくずだ！　これでくず粉ができるんじゃないかな！」

思わぬ収穫！

「ミヅキちゃんこれはどう？」

おばちゃんが野草を掴むと見せてきた。

「タラの芽《め》だ！　これは美味しいよ！」

「ミヅキこれはどうだ？　煮ると甘いぞ！」

コジローさんが大きくて重そうな深緑の野菜を持ってきた。

「あっカボチャ！　コジローさんありがとう〜！　それも天ぷらに出来るから、ユキさんに渡してくれる？」

周りを見て暇そうにしていたユキさんの方を見る。

「皮が硬いから、ユキさんと協力して一センチの厚さに切ってくれる？」

「ああ、わかった。ユキ、カボチャを一緒に切ろう」

コジローさんがユキさんに声をかける。

「ちょっと、ミヅキ。なんでコジロー様とやるのよ」

ユキさんが私にコソコソと話しかけてくる。

「ユキさん野菜は切れるでしょ？　ここでコジローさんにいい所見せときなよ！」

「わ、わかった。そうね、やってみるわ！」

ユキさんがギラっとした目でナイフを取り出す。

「ユキさん？　コジローさんと戦わないでよ。カボチャを切るだけだよ？」

「ええ、任せておいて！　この私が見事捌いてみせるわ！」

話聞いてる？

ユキさんはこれから戦場に行くかのような出で立ちでナイフを掲げ、カボチャに向かっていった。

他にも沢山の山菜《さんさい》や野草や野菜があるが、食べきれなそうなので収納にしまっておく事にした。

「よし、じゃ野菜の下準備をして天ぷらにしていきましょう！」

「はいよ！　ミヅキちゃん言われた通りに洗っておいたよ」

ウメさんやおばちゃん達が洗った野菜を持ってきてくれたのでしっかりと水気を切る。

「じゃ天ぷら粉の作り方ね。これは簡単だよ！　まずは卵とお水、これは冷たいのを入れるといいよ。これをよく混ぜて、ここにさっき入れた水と同じ大きさの容器で一杯と少し多めに小麦粉を入れます。混ぜるのはザックリでいいよ。ダマがあっても大丈夫だから」

油を用意して温度を上げておくと、溶いた天ぷら粉を一雫落とす。

「この時に衣が直ぐに上がってきたら、油の温度が高くなったって事だからね」

手始めにシソとヨモギを衣にまぶして油に落とす。

バチッバチッ！　と油の跳ねる音が響く。

うーん！　いい音！

「この時にあんまり上から落とすと危ないから、怖がらずに少し食材を油に付けてから離すといいよ」

「どれ、おばちゃんが一つやってみるかね！」

おばちゃんに渡して横で様子を見ることにした。

「ほい！　ほい！　ほい！」

どんどんと手馴れた様子で油に入れていく。

「ウ、ウメさん！　ストップ！」

慌ててウメさんの手を止めた。

「あんまり入れすぎると、油の温度が下がっちゃうから注意してね。あと、入れて固まったらひっくり返して、油の跳ねる音が小さくなってきたらあげて油を切るの」

最初に揚げたのが良さそうなので、葉っぱのお皿にあげると塩を一振りする。

「はい！　あーん」

ウメさんに天ぷらを差し出す。

「いいのかい？」

「味見だよ」

ニッコリと笑いかける。

「ありがとね、じゃいただきます！」

パクッと一口食べるとサクッ！　といい音がなる。

「おいしいねぇ！　野菜の苦味が無くて甘みが広がるよ。この塩がいい味出してるね」

「ミヅキちゃん私も！　私も味見したい」

「あっ私も食べて見たいわ！」

おばちゃん達が押し寄せてきた。

「あっ危ないから！　味見はあるから！」

「こら！　ミヅキちゃんが困ってるよ。私が切ったげるから待ってな！」

ウメさんがザクザクと天ぷらを一口大に切るとみんなに渡す。

「じゃいただくね！」

「いただきまーす！」

みんなが少しずつだが味見をした。

「あら、本当においしい」

「いつもの山菜《さんさい》がこんなに美味しくなるなんてね」

「これなら簡単だしいいわ！」

みんなの納得した顔に私も嬉しくなる。

「じゃ手分けして揚げていこう！　ウメさん、ここは任せてもいいかな？」

「ああ大丈夫だよ！　何かあったら呼ぶからね」

「はーい」

私は天ぷらはおばちゃん達に任せてカボチャと格闘しているユキさん達の元に向かった。

「コジローさん、ユキさん大丈夫？」

「あっミヅキ、その大丈夫なんだが」

コジローさんが恐る恐る指差す先には目をギラつかせ、カボチャを一心不乱に切っているユキさんがいた。

「ユキさん？」

近づこうとすると「ミヅキ！　危ないからやめとけ」と、コジローさんがヒョイっと体を抱き上げる。

「ああなると、周りが見えないから近づかない方がいい」

コジローさんが苦笑する。

「コジローさんはユキさんの事をよく知ってるの？」

「ユキかい？　子供の頃はよく兄さんと一緒に遊んでいたからな。兄さんとオレは少し年上だったから、ユキは妹みたいな感じかな。小さい頃はにぃちゃんにぃちゃんって言いながらあとを付けてきてた。それが今じゃ……」

はぁーとため息をつく。

「どうしたの？」

「いつからか急に、コジロー様なんて呼ぶようになって」

「あー、憧れてるって言ってたよ？　なんかしたの？」

「いや、普通に技を教えてくれって言うから教えてただけなんだけどな」

「へーどんな技？」

「何人にも分身する技と、足音を消して歩く技とか普通の事をしただけだぞ」

「それって普通なの？　分身の術なんて憧れだよねぇ～」

「そうなのか？」

「うん！　間違いないね！」

「ミヅキが言うならそうなんだろうな。オレとしてはまた普通に、にいちゃんって呼んで欲しいんだがな」

「うーんそれはどうかな？　ユキさんはもう、コジローさんをお兄ちゃんとは思ってないかもよ」

「そ、そうなのか。嫌われてないと思っていたがオレの勘違いなのか。あの様呼びは、他人行儀のつもりだったのか」

「いや違うよ、ほらもっと違う意味なんだよ」

「違う意味？」

「あーもう！　ユキさんはコジローさんの事をどう思ってるの？」

「えっ？」

大声でユキさんに声をかけると、ようやく私がいることに気がついたようでこちらに振り返った。

するとユキさんのナイフが手からすっぽりと抜けてコジローさんの顔スレスレを突き抜け、後ろの木に深々と刺さった。

「ユ、ユユユユキさ～ん！」

「あらっごめん、手がすべっちゃった！」

あははと笑って誤魔化すが、私とコジローさんは笑う事が出来ずに、そおっとユキさんから距離を取った。

「ちょっと、なんで離れるのよ！」

「なんでじゃないよ！　殺されるかと思ったよ！」

「大袈裟《おおげさ》ねぇ～、ちょっと手がすべっちゃっただけじゃない！　ねぇコジローにいさん？」

「「あっ！」」

コジローさんと顔を見合わす。

「あっ！」

ユキさんが口に手を当て恥ずかしそうに頬を染めた。

「つい、昔みたいに呼んじゃった……」

ユキさんは恥ずかしそうにしているが、コジローさんは嬉しそうに笑っていた。

ユキさんが切ったカボチャを持って揚げ場に戻ると、ほとんどの山菜《さんさい》が揚げ終わっていた。

「じゃ、あとはユキさんが切ったカボチャとナスを揚げよう。それと、うどんを茹でるのを同時進行でやっちゃいましょう」

「揚げ物は任せな！」

おばちゃん達がドンと胸を叩く。

「よろしくお願いします！　私はうどんの茹で具合を見ますね！」

お湯を大量に沸かしそこにユキさんが切ったうどんを先に入れると、長い箸で混ぜながら様子を見る。

一本取って硬さを見ると、コシが残るいい茹で具合だった。

木枠に紐を編み込んで作ったザルでうどんを取り上げると、冷たい水を出してよく洗う。

洗ったあとは、それを皿に盛っておく。

「よし！　ユキさんのはコレでオッケーだな、あとはおばちゃん達の分をどんどん茹でてくよ。ユキさん達も手伝ってね！」

「本当に茹でるだけなのね」

ユキさんが他の工程がないことに安堵《あんど》していた。

「そうだよ。でもゆで具合でうどんの喉越しとか変わるからね。やっぱりコシがないと！」

「こし？　こしって何かしら？」

「うどんを食べた時の歯ごたえっていうか、弾力の事かな？　まぁ柔らかいうどんも、それはそれで美味しいけどね」

「ふーん、茹で方で味わい方が変わるのね。じゃ次は少し柔らかめに茹でましょ！」

「いいね！　自分がどの硬さが好きかわかるかも！」

私とユキさんは実験の如く次々とうどんのゆで時間を変えて茹でていく。

熱いお湯の前でうどんと格闘していたので、汗びっしょりで茹で終わった。

「はぁ、疲れた」

「腕が痛いわ。うどんって結構重いわね、いい鍛錬《たんれん》になりそうだわ」

ユキさんが重いうどんをほとんど取り出してくれたので本当に助かった。

「大体作り終えたよね、出来たものをテーブルに並べるよ」

うどんを捏《こ》ねる作業台で使っていたテーブルに次々と料理を並べていった。

「じゃ、端からおばちゃん達と打ったうどんです。右から硬さがどんどん柔らかくなってますので自分で好きな硬さを食べて下さいね」

器にうどんつゆをすくって入れて置いておく。

「この汁に付けて食べるんだよ。後は隣が山菜《さんさい》と野菜の天ぷらです。おばちゃん達が揚げてくれました。これは天つゆか塩で食べて下さい」

天つゆの鍋をドンと置く。これはセルフで取って貰うことにした。

「そしてこっちがオーク肉の角煮《かくに》です。シルバ、これがおすすめだよ！」

【ああ、さっきから美味そうな匂いがしていてたまらん】

シルバがヨダレを垂らして待っている。

「あれがムサシが作った醤油《しょうゆ》なのか？」

みんなはどれが調味料なのかと料理を覗き込んでいる。

「このうどんのつゆはもちろんのこと、天つゆにも角煮《かくに》にも使ってるんだよ。あとはムサシさんおすすめのナスとピーマンの味噌炒め！」

「やった！　また食えるのか！」

ムサシさんはこれが大好物になったようで喜んでいる。

「ムサシさんはさっき食べたから他の人優先だよ！」

「ああわかった……」

あまりにガックリとされるので可哀想になった。

「ま、まぁ少しは食べていいからね」

「本当か！」

皿と箸を持って今にも突撃しそうに構えている。

「それでこっちのタレが田楽味噌《でんがくみそ》です。この茹でた野菜に付けて食べてみてね」

「じゃあムサシさんの醤油《しょうゆ》と味噌《みそ》に感謝して！　いただきます！」

『いただきます！』

「これ！　待たんか！」

長老様が今にも食べだしそうな里の者達に待ったをかけた。

「まずはフェンリル様が先じゃ！」

「えー、みんな一緒でいいのに～」

「いえ、ミヅキ様ならまだしも、我々がフェンリル様よりも先に食べるなどおこがましい」

長老様が頑なに食べようとしないので、先にシルバ達に料理を運ぶ事にした。

【はい！　みんな料理を取ってきたよ！】

うどんの天ぷら乗せぶっかけと、角煮《かくに》と味噌炒め野菜に田楽味噌《でんがくみそ》をお皿に並べてみんなの前に置いた。
里のみんながシルバ達が食べるのを見つめる。
【ああ、ミヅキいただこう】
【ふふふ、どうぞ召し上がれ！】
シルバがまずは角煮《かくに》にかぶりつくと、里のみんなからゴクンと喉がなる音が聞こえる。
【凄い！　ホロホロと肉が崩れるぞ！　これがミヅキが食べたかった味なのか？】
【そうだよーこれが醤油《しょうゆ》の味なの！　私の故郷の味かな？】
【美味い】
プルシアが隣で同じように角煮《かくに》を食べていた。
【肉とはいつも同じ味かと思ったが違うのだな】
【美味しい！　これミヅキが作ってるコメにも合いそう！】
シンクの言葉にうんうんと頷いた。
【相性バッチリだよ！　米が出来たら一緒に食べようね！】
【楽しみだなぁ〜】
【きゃ〜ん】
シルバ達が満足そうに食べだしたので、待ちきれなそうなみんなにも声をかけた。
「じゃ皆さんも食べて下さい。料理は温かいうちが美味しいですからね！」
「じゃあいただこうか！」

おばちゃんの合図にみんなが料理に手を伸ばす。

「ユキさん、コジローさんにこれあげてきなよ。ユキさんが作ったうどんだよ！」

私は分けておいたユキさんのうどんを手渡した。

「だ、だけど……」

ユキさんがモジモジと恥ずかしがっている。

「気持ちをちゃんと伝えないでいいの？　もし駄目だとしても、ユキさんの気持ちをわかってもらった方がいいんじゃない？」

「ミヅキ……そうね！　わかったわ、渡してくる！」

「頑張って！　振られても慰めてあげるからね！」

「ちょっと、なんで振られるのが前提なのよ！」

ユキさんがプンプン怒りながらもコジローさんの元に向かっていった。

「ミヅキ、ユキに何をけしかけたんだ？」

いつの間にかムサシさんが後ろにいた。

「けしかけたって、ユキさんがコジローさんに気持ちを伝えに行ったんだよ！」

「あー」

何か知っている風のムサシさんの顔を見上げる。

「あれは昔っからだからな、しかもコジローはユキの好意に全然気が付かないからなぁ」

「あっ、やっぱりそうなんだ。コジローさん、人からの好意に疎そうだよね。凄いモテそうなてたなぁ」

「顔よし、性格よし、将来有望だぞ！　昔っから言い寄られていたが、冗談だと思って笑って流しのに」

　ムサシさんは誇らしそうにコジローさんの事を話していた。

「ムサシさんは？　ムサシさんだって性格いいし顔もいいし、醤油《しょうゆ》と味噌《みそ》が作れるんだから将来有望だよ」

「醤油《しょうゆ》と味噌《みそ》に反応するのはミヅキだけだろ」

　ムサシさんが苦笑する。

「俺はまぁ顔がこんなんだからな。もうそういうのは諦めてる」

「そうなの？　じゃあ私と一緒に来ない？　王都で醤油《しょうゆ》作り教えて欲しいなぁ」

「王都！　そんな人が多い所に行けるかよ！」

　ムサシさんに振られてしまった。

「そっか、残念……」

　本気で来て欲しかったのでしょんぼりしてしまう。

　するとムサシさんが私の落ち込んだ様子に慌てだした。

「ま、まぁ、少しは考えてやってもいいが」

　ムサシさんがフイっと顔を逸らして答えた。

「本当に！」

「「「「「駄目だ！」」」」」

話を聞いていた里の人達が詰め寄ってくる。

「折角ムサシが里に帰って来てこんな美味い物が作れるのに王都に行くなんて絶対に駄目だ！」

「そうよムサシ！　この里で醤油《しょうゆ》と味噌《みそ》作り教えてよ！」

「そうだ、ムサシ、ここにいりゃいいじゃないか。この里で醤油《しょうゆ》作り教えてくれ。こいつはうますぎる！」

里の人達がムサシさんを取り囲んでいる。ムサシさんは驚きながらも嬉しそうな顔をみせていた。

【ミヅキ、珍しく振られたな】

シルバが側に来て体を擦り寄せてきた。

【シルバ、うん。振られちゃったね！】

【その割には嬉しそうだな……】

【ムサシさんのあの顔見たらねー】

残念だがムサシさんの嬉しそうな顔を見られて満足だった。

【俺がさらってやってもいいんだぞ？　あの長老に頼めば喜んで差し出してくれるぞ】

【あはは！　確かにそうかもね。でもいいんだ、作り方はしっかり教えてもらうけどね！】

【まぁこれ以上人が増えて、ミヅキを取り合ってもな】

シルバがマーキングをするように私の頬をベロっと舐めた。

【何、シルバ？】

突然舐められてシルバをじっと見つめた。

【俺達がいるだろ】

【うん！】

私はかっこいいシルバに思いっきり抱きついた。

◆

その頃、里の騒ぎから少し離れたところで私はコジロー様に向き合っていた。

「コ、コジロー様。こ、これ私が作ったうどんです。よかったら食べて下さい」

コジロー様にうどんと汁を差し出す。

「ありがとうな、ユキ」

コジロー様が笑顔で受け取ってくれ、うどんを食べだした。

「美味い、これがうどんか、凄いな。ユキは料理上手じゃないか」

コジロー様が昔のように私の頭をガシガシと撫でる。

「ユキも食べてみろよ」

うどんを差し出されて新しい汁を持ってきてくれる。

「あ、ありがとうございます」

それを受け取ると自分の作ったうどんを食べてみた。白いツルッとしたうどんに黒い汁がからまると、しょっぱいような甘いような複雑な味が口いっぱいに広がった。

「お、美味しい」

あまりの美味しさにポロッと口から漏れた。

「だよな」

コジロー様が同意するように笑顔で頷く。

「うん！　凄い美味しい。このツルツルとした感じ、いくらでも食べれるわ！」

コジロー様と一緒にうどんに手を伸ばすと二人の手が触れ合った。

「あっ」

真っ赤になって、手が固まる。

「すまん、やっぱりミヅキの考えるもんは全部美味いなぁ」

コジロー様の何気ない一言に私は思わず顔を見つめた。

「ミヅキの？」

「ああ、ミヅキの料理は凄いよな。俺は初めて食べた時、世界が変わった気がしたよ」

何処か懐かしそうに笑って慈しんでいるように見えた。

「コジロー様、よく笑うようになりましたね」

私の知ってるコジロー様は、相手を気にしてあまり発言しないように見えていた。

「そうかな？　この傷が出来てからはほぼ笑わなくなっていたがな」

そんな傷を嬉しそうに触っている。

「どうしてそんな傷が？」

「ギルドで組んでたパーティでちょっとな。でももういいんだ、ケジメも付けたしそれにこの傷のおかげでミヅキにも会えたしな」

そう言ってミヅキの方を見ているコジロー様の顔は、見た事もないほど嬉しそうだった。

何よ……ミヅキの馬鹿！　私に勝ち目あるの？

「コジロー様はミヅキが好きなんですか」

私は答えを知るのが怖くて顔も見ずに思わず聞いてしまった。

「好きだ」

コジロー様は迷いなく答える。

「それは……恋人にしたいという意味ですか？」

「いや、どれだけ歳が違うと思ってんだ。いくらなんでもまずいだろ！　それにミヅキとはそういう関係じゃないよ」

「ふーん、なら私にもチャンスがある訳ですね！」

「はっ？　チャンス？」

コジロー様はなんの事かわからずにポカンとする。

「わかりました！　私、ミヅキに負けないように料理の腕も技の腕も磨きます。そしたらまた……一緒にうどん食べて下さいね！」

私は言うだけ言うと、クルッと向きを変えて早歩きでその場を去って行った。

「なんだ？　ミヅキに勝つ？　ユキの頼みならうどんくらいいつでも食べるのに」

わけがわからずに呟くが、肝心の本人には届かなかった。

◆

「ミヅキー！」

ユキさんがすごい勢いで私に襲いかからんばかりに突進してくる。

「ユキさーん、これ食べて〜！　ユキさんが切ったカボチャで作ったカボチャのパイだよ！」

探していた相手に会えた私は、焼きたてのパイを持ってユキさんの前にめいっぱい背伸びをしてみせる。

「ユキさんの為に作ったよー！」

ニッコリと笑ってユキさんを見ると勢いが止まり、恨めしそうな顔で私を見ている。

「この子ずるい！」

ユキさんはカボチャのパイをガッと掴むとガブっと大きな口を開けてかぶりつく。

「何これ、甘くて美味しい」

ユキさんの瞳からポロポロと涙がこぼれた。

「ユ、ユキさん！　どうしたの？」

いきなり泣き出したユキさんにビックリして慌ててしまう。

「ミヅキってずるいわ、料理も出来て可愛くて……コジロー様に好かれてて」

ユキさんの顔がみるみると下を向いていく。

「えっなに？　ユキさんコジローさんになんか言われたの？」

上手くいかなかったのかと思い心配して顔を見上げた。

「なんでもないわ」

ユキさんは私の眉間《みけん》のシワにツンと指をつける。

「ミヅキ！　このカボチャのパイの作り方教えなさいよ。じゃないと許さないからね！」

「えっ？　うん、いいけどユキさん本当に大丈夫？　無理やりコジローさんのとこに行けって言ったから、怒ってる？」

余計な事をしてしまったとしゅんとしてしまう。

「なんでもないったら！　コジロー様には、今気になる子がいるみたいだけど負けないわ。料理も上手になってみせる！」

「コジローさんに好きな人？　誰のことだろ」

そんな様子のなかった事に首を傾げた。

「あっ、もしかしてリリアンさん！　いやリリアンさんはだめだ、ルンバさんがいるしもうお腹に大事な子もいる。料理上手といえばイチカだけどポルクスさんといい感じだし、もしかしてコジローさんも狙ってた？　いや、そんなに接点ないはず」

ブツブツと呟き頭を抱える。

「ミヅキ？」

ユキさんがすごい顔で悩んでいる私を見ていた。

「ユキさんごめんなさい！　私コジローさんに好きな人がいるなんて知らなくて」

泣きそうな顔で謝った。

「なんでミヅキがそんな顔するのよ」

「だって……」

ユキさんを傷つけてしまった。

「いいの、その子にならコジロー様を任せてもいいかなって思えたから」

「えっ？」

「でもまだ諦めた訳じゃないのよ、コジロー様はその子に思いを伝えるのはまだ先になりそうだしね」

ユキさんがウインクする。

「こんなかっこいいユキさんよりも素敵な人……じゃあ私が会ってない人なのかな」

それはそれでなんだか少し寂しい気分になった。

「ユキさん、こんな時は甘い物だよ。カボチャのパイをいっぱい食べてね！　あとね、他にも作ったんだよ」

私はもう一つのデザートを収納から取り出した。

「何これ？　なんか粉と黒い汁がかかってるわよ」

ユキさんは見た事のない食べ物に眉をひそめる。

「粉はきな粉で黒い汁は黒蜜《くろみつ》だよ、このプルプルのがくず餅」

「きな粉？　黒蜜《くろみつ》？」

ユキさんが少しだけ切って恐る恐る口に運ぶ。

「うーん！　優しい甘さでさっきとはまた違って美味しいわ」

「でしょ！　このきな粉はムサシさんの畑で育ててる大豆から作ったんだよ」

「あれ？　大豆って醤油《しょうゆ》と味噌《みそ》の材料なんでしょ？」

「大豆は他にも色んな料理が作れるの。豆腐でしょ、おからでしょ、湯葉に豆乳そこからさらに色んな料理が出来るんだよ」

「へー大豆って凄いわね！」

大豆の凄さにユキさんが驚いている。

「ミヅキ様！　それはまことですか！」

長老様が私とユキさんの話を聞いていたようで、詰め寄ってきた。

「長老様、そうなんです。大豆は育てるのも簡単だからおすすめですよ。だから……」

里で栽培してくれないかな？　と長老様を見つめる。

「よし！　ムサシに聞いて里で大々的に育てるぞぃ！」

よしっ！　私は心の中でガッツポーズをした。

「ミヅキちゃーん！」

長老様がムサシさんに話をしようと捜しに行くと、今度はウメさん達が近づいてきた。

「ちょっとミヅキちゃん！　この料理本当に美味しいわ。旦那達も夢中で食べてるわよ！」

「本当よ、私もまた作ってくれって頼まれたわ。ミヅキちゃん、もっと違う料理も教えてくれる？」

「さっきユキちゃんが食べてたのも気になるわ」

「あっ私もよ！」

「これで男の胃袋を鷲掴みね……ふふふ」

独身女性の目が獲物を狩るようにキランっと輝いた。

ギラギラとした女性陣からどうにか逃げ出すと、シルバ達の所に避難する。

【シルバ～、怖かった】

シルバの上に倒れ込んだ。

【ミヅキがやたらに料理を教えるからだろ】

【だってあんなに食いつくなんて思わなかった。そんなに恋人が欲しいのかな？】

【ミヅキはどうなんだ？】

【えっ私？　私はだって、まだ六歳だし……】

小さい体のせいかそういう気分にならなかった。

【だが前世ではいたんじゃないのか？　その、特別な相手とか……】

【シルバ……なんでそんな事を聞くの？　私にいたと思う？】

【いや、よくわからんが】

シルバをジロリと睨んだ。

【此の方恋人がいたことは一度もありませんよ。前世では銀《ぎん》が唯一の恋人でした！】

【そ、そうか】

シルバが戸惑いながらも尻尾をブンブンと振り回している。

【なんで喜んでるの？】

少し怒った様子でシルバの尻尾を見つめる。

【えっ？　あっ、いやすまん。無意識だった】

シルバがピタっと尻尾を下ろすが、なんだか動かしたそうにムズムズしている。

【恋人とかってよくわかんないなぁ。一緒にいたいって思う事はよくあるけど、それとはきっと違うんだよね】

日本にいた時の大人としての気持ちが薄れていってる気がする。

【まぁ今は子供なんだ、大きくなって成長すればわかるんじゃないか？　俺は人ではないからよく知らんが】

【うーん、プルシア達はどう思う？】

【人族の事は詳しくは知らないが、その者の子を作りたいと思う事ではないのか？】

【えっ？】

【その者の子孫を残したい、その者との結晶を作りたい。そう思う相手が夫婦となるのだろう？】

プルシアの言葉に唖然とする。

子供を作る。それってつまりそういう事をするって事だよね？　知識ではわかるけど……

カァ～！　私は想像すると顔が真っ赤に染まり、頭がぐるぐると回り出した。

そしてそのままバタンとシルバに倒れ込んだ。

【お、おい！　ミヅキ！】

【ミヅキ？】

【どうしたのだ？】

コハクが心配そうに頬を舐めてくれる。

【なんだか、ミヅキには早かったみたいだな】

【まぁこれなら番《つがい》をつくるのも先になりそうだな】

シルバは私を大事そうに抱え込んだ。

プルシアが眠りの呪文を唱えてくれる。

シンクが頭に乗って回復魔法をかけながら、私はパンクする頭を冷やして眠りについた。

◆

【シルバさん、ミヅキは？】

オレはミヅキが見えないのを心配してシルバのところに来た。

【ミヅキはどうも疲れたようだ、今眠っている】

【そうですか。無理させすぎたかな？】

気持ちよさそうに眠るミヅキを見つめていると、ムサシ兄さんもやってきた。

「コジロー、ミヅキはどうしたんだ？」

「あっ兄さん、ミヅキは疲れて寝てるよ。何か用が？」

「いや、まぁなんだ。一応お礼を言おうかと思ってな」

「礼？」

「また里に戻るきっかけを作ってくれたからな。それにこの姿の事もあんな風に受け止めてもらって楽になった」

「兄弟で助けられたね」

ムサシ兄さんに笑いかけると、当の本人を見つめた。

「兄さんはこれからはずっと里に？」

なんとなく気になって聞いてみた。

「そのつもりだ……」

「ふーん」

ニヤニヤとムサシ兄さんを見つめると、目を逸らしてバツの悪そうな顔をする。

「なんだよ」

「覚悟が決まったら、いつでも連絡くれよ」

オレの含みのある言い方に面白くなさそうにしていた。

「わかったよ」

ムサシ兄さんは少し考えたあと真剣な顔で頷いた。

◆

次の日、私はフカフカの温もりのなか目が覚めた。
「はぁー、よく寝た」
シルバのお腹で伸びをする。
【ミヅキ、早い目覚めだな】
シルバが挨拶がわりに私の顔を舐める。
【早く寝たから目が覚めたんだな。まだ周りは寝てるぞ】
【えっ本当？　でも全然眠くないや、シルバは？】
【俺はいつでも寝れるから大丈夫だ】
【じゃ二人で朝のお散歩にでも行かない？】
シルバがすくっと立ち上がる。
【行こう！】
すぐに私を乗せて里の外に出ていった。
【シルバこれ見て、キノコが生えてるよ。鑑定したけど食べれるみたい】

【……】
【あっ！　あれはタケノコだー！】
地面から生えているタケノコ目指して走るとシルバが無言でついて来る。
【はぁ、やっぱりこうなるのか】
シルバが残念そうにため息をつくが、お宝の前に構ってられない。
【シルバ、シルバ！　こっちー】
笑顔でシルバを呼ぶ。
【まぁいいか】
シルバはしっぽを振りながら私に駆け寄ってきた。
里に戻ると大鍋を用意して採ってきたキノコや山菜《さんさい》、野菜を入れて炒める。
フライパンで薄く切ったオーク肉を炒めるとそれも鍋にぶち込んだ。
野菜に火が通ったあとは、味噌《みそ》を鍋のお湯に溶いていく。
いい匂いに里の人達がぞくぞくと起きてきた。
「シルバ様、ミヅキ様、おはようございます」
長老様が挨拶をしながら近づいて、鍋を覗いてきた。
「昨日の料理も素晴らしかったですが、また違う料理ですか？」
「長老様おはようございます。これはお味噌汁ですよ。やっぱり朝は味噌汁だよねー」
早く飲みたくて笑顔が止まらない。ニコニコしながら鍋をかき混ぜている。

「ミヅキ、これも教えなさいよ！」

ユキさんが料理を手伝おうと寝癖のまま飛んできた。

「これは教えるほどじゃないし、完成形じゃないんだよね」

味見をしながら首を傾げる。

ユキさんにも味見がてらよそってあげた。

「美味しいわよ？　野菜の味と油が出てて具沢山の味噌《みそ》のスープね！」

「違うんだ！　美味しいけど出汁《だし》が、出汁《だし》が足りない。これじゃないんだ……」

失敗作の作品を叩き割る陶芸家《とうげいか》の如くガクッと膝をついた。

「お前は何処ぞの鍛冶屋の親父か？」

ムサシさんが私の様子に呆れている。

「駄目だ、醤油《しょうゆ》と味噌《みそ》を手に入れたのに出汁《だし》がないなんて。出汁《だし》があればうどんの汁ももっと美味しくなるんだよ！」

「「何！」」

「それは本当なの！　ミヅキちゃん！」

うどんにハマった里の人達が目の色を変えた。

「そうなんですよ。あれでも美味しいけど出汁《だし》が入るとそれはもう美味しくなるんです」

私の拙い説明なのに、みんなゴクンっと唾を飲み込んだ。

チラッとシルバをうかがうように見ると視線をそらされる。

【シルバ、海に行かない？】

私達の会話にコジローさんが慌てて止めようとしてきた。

【海か？】

「ミヅキ！　調味料を見つけたあとは、ベイカーさんたちの元に帰るんだろう？　寄り道はしない方がいいんじゃないか？」

「コジローさん、駄目かなぁ。私、どうしても海に行きたいんだ……」

目をうるうるさせてコジローさんを見上げた。

「ミ、ミヅキ……いや、駄目だ！　そんな顔をしてもうんとは言えない」

コジローさんが毅然とした態度をとった。

「えー！　だって〜、うどんが美味しくなれば里のみんなも助かるんじゃない？　お醤油《しょうゆ》がさらに売れるよ！」

「だ、だがセバスさんとベイカーさんの二人から、ミヅキの事をよく見てるように言われているし……」

二人の事を思い出しコジローさんが顔を歪めた。

「じゃコジローさんも行こうよ。里帰りで海に遊びに行くなんてよくある事だよ」

私はニヤっと笑った。

「よくあるかな？　それにここから海までどのくらいかかると思ってるんだ」

「えっどのくらい？　王都より遠いの？」

「いや、そこまで遠くないけど」

【プルシアでも遠い？】

【いや、海ならすぐだろう】

プルシアの言葉に顔がパァーと明るくなった。

「海ならプルシアと一緒ならすぐだって！」

みんなに伝えると、コジローさんがシルバに視線を送った。

シルバは諦め気味に頷いている。

「はぁミヅキ、オレは止めたよ」

「うーん、なら二人に手紙出そうかなぁ。許可を貰えば問題ないよね。何日くらいで届くかな？」

「まだ王都にいるだろうから、返事が来るのに一週間はかかると思う」

「じゃどうしようかな、さすがに黙って行ったら……」

私は二人にバレた時のことを想像してぶるっと震える。

そんな私の迷いに気がついたのかプルシアが声をかけてきた。

【なら私が手紙を届けてやろうか？】

パタパタと飛んできて頭に止まると下を覗きこんできた。

【プルシアいいの？】

【ああ、それに一人なら直ぐに王都に着ける】

跳ねて喜ぶとプルシアが私の前にきたので思いっきりプルシアに抱きついた。

【ありがとう~プルシア！　じゃあ早速手紙を書くね！】

私は急いで手紙を書き始める。

【シルバさん、いいんですか！　海なんて魔物が沢山いて危ないですよ！】

【魔物はどうとでもなるが、それよりも、なにか事件に巻き込まれやしないかそっちが心配だ】

【確かに……】

【それに手紙を出したとして、ベイカーはまだしもセバスが許すか？】

【そ、そうですね。セバスさんからの返事次第ではミヅキも諦めるかな】

【だといいが……】

嬉しそうに手紙を書いている様子をシルバ達は不安そうに眺めていた。

森の外まで向かいプルシアに手紙を託すと、プルシアが飛行形態になって、あっという間に見えなくなってしまった。

「夜ぐらいまでには帰って来るかな？」

【どうかな、往復だから、あとはセバス達の返答次第だろうがな】

【大丈夫！　手紙にしっかりと書いたから】

【まぁミヅキの手腕に期待しよう】

プルシアを見送った後、シルバと里に戻る事にした。

「ミヅキ、里のみんながミヅキにお礼がしたいって待ってるぞ」

コジローさんは憂いがなくなり、森の外まで笑顔で迎えにきてくれた。

「お礼ってなんの？」

「そりゃ色々とだよ、これからの里の事やムサシ兄さんの事に、オレの事も含めてな。それにシルバさんを連れてきてくれたからね」

「えー？　どれも私の都合なんだけどなぁ。だからお礼なんて貰えないよ」

「いいのか？　ミヅキが絶対に喜ぶ事だぞ？」

コジローさんがニヤリと笑う。

「なんだろ？」

コジローさんの含みある言い方に興味がわいた。

「いいからおいで」

コジローさんが私を抱き上げると里に向かって走り出した。

里に着くがみんなの姿が見えない。

「あれ、みんなは？」

周りを見渡すとコジローさんが笑って、くるんと宙返りをして犬の姿になった。

「わぁ！　コジローさんどうしたの？」

触ろうと手を出して近づこうとした。

「ワン！」

するとコジローさんが上に向かって吠えた。

「ワンワン！」

「キャンキャン！」

「ガウ〜！」

鳴き声と共に犬や狼が私の周りに駆け寄ってきた。

「きゃあぁぁぁー！」

もふもふが押し寄せてきて、嬉しさのあまりに叫んでしまう。

「ミヅキ、里のみんなが変化して触らせてくれるらしいぞ」

ムサシさんが笑いながら後ろで説明してくれる。

「本当にいいの？　触り放題？」

「ああ、コジローがこれが一番喜ぶんじゃないかって教えてくれてな」

「コジローさんわかってる！　凄く嬉しい。あっユキさんもいる！」

私は白い狼を撫でた。

「はぁぁー、やっぱり滑らかで最高」

「ガウ！」

ユキさんが誇らしげに吠えた。

「こっちの子はまた違った感触。どれももふもふですなぁ」

違う犬を次々と触る。

「あっ、この子はサラサラ〜、これも気持ちいい〜」

「おっ、ちっこい子発見！　可愛い〜」

一匹年老いた毛足の長い犬がいた。
「もしかして長老様？　あはっ！　顔が隠れてる〜、毛が長ーい。モコモコですね！」
私は一匹ずつしっかりと触っていった。犬や狼の姿の皆は満足そうに目を細める。
（お前触ってもらったか？）
（ああ、ミヅキ様の触り方って癖になる）
（わかるわ！　あの子、私が触って欲しい場所がわかるみたいに触るのよ！）
（俺もだ！　目が合うとニコッと笑って、一番弱い場所を的確に撫でられた）
（つい、本能で腹を出しちまった）
（もう一回触ってもらおうかなぁ）
（俺も！）
（私も！）
（わしもじゃ！）
里の人達は交代で何度も私に撫でられていた。
「ふぅー、満足満足！」
【よかったな……】
【ミヅキ、すごい喜んでたね】
【クゥーン……】
ホクホク顔の私を、シルバ達が面白くなさそうに見つめる。

【どうしたの、みんな～、みんなだって大好きだよ～】
みんなを抱きしめると顔をスリスリと擦り付ける。
【はぁ、やっぱりみんなの匂い。落ち着くなぁ～】
私はみんなの体に顔を埋めてクンクンと吸った。
【ふふ、くすぐったい】
【キャン！】
シンクとコハクがくすぐったそうに震える。
【プルシアは大丈夫かなぁ？　ベイカーさんとセバスさんに会えたかな……】
王都にいるみんなの事を思う。
【さすがにまだ着かないだろ】
私はプルシアが向かった方向を眺めていた。

五　王都

その頃プルシアは凄まじい速さで飛んでいた。

【ん？　何か前から来るな】

少しスピードを落として様子をみる。

すると前から土煙を巻き上げながら走ってくる人影が見えた。

人影はプルシアに気が付き距離を取って止まる。しばらく様子をうかがっているようだったが、少しずつ近づいてきた。

【あれは、ミヅキの言っていた人族達か？】

プルシアは飛行形態を解くと、二人の前に着地した。

そこには王都にいるはずのベイカーとセバスの姿があった。

◆

少し遡って、ミヅキが王都を去った夜。

ミヅキのおもてなしを受けてみんなで料理を楽しみ、子供達ははしゃぎすぎて眠りにつき、大人達もお酒に酔い潰れていた。

するとミヅキは、一通の手紙を残し、シルバ達と郊外の里へ去って行った。

俺はパチッと目を開けた。隣にいるセバスを見ると、やはり同じように目を開けてミヅキからの手紙を見つめていた。

ミヅキの手紙を手に取り、開く。

手紙からはふわぁっとミヅキの甘い匂いがした。

『ベイカーさんへ
黙って王都を出ることをまずは謝ります。ごめんなさい。

私はどうしてもコジローさんの里に行きたいのです。

ベイカーさんとは離れるのが初めてだから、とっても不安な気持ちがある。

でもそんな顔を見せたら、ベイカーさん達は優しいからきっとついていくって言ってくれるよね。

だけどベイカーさんには、ベイカーさんの仕事があるから邪魔はしたくありません。

私もコジローさんの言う事を聞いて大人しくしてるから、ベイカーさんもお仕事を頑張ってね！

面と向かって言えなかった事を許してね。

いってきます！

ミヅキ』

「あいつは……顔を見ないで見送る方がもっと嫌だよ」

「じゃ、行きましょうか、娘のお見送りに」

いつの間にかセバスが目の前に立っていた。

俺は頷くと二人並んで音をたてずに走り出し、ミヅキの元へと向かったのだった。

「行っちまった……」

ミヅキ達の姿が見えなくなるまで見送ると、ボソッとため息がこぼれる。

「ええ、会ったばかりだと言うのに……見送るのは二回目でも、やっぱり寂しいですね」

セバスがこちらの方を見るとサッと顔を逸らした。

「ベイカーさん？」

俺は顔を擦って後ろを向く。

「さぁ帰ろうぜ、みんなにも勝手に出ていった説明をしてやんないとな」

俺達はヒョイと防壁の上から飛び降りた。

無事ミヅキを見送った帰り道。

「セバスさんの手紙にはなんて書いてあったんだ？」

大事そうに手紙をしまったセバスを見つめる。

「ミヅキさんと私の秘密です」

ニコッと嬉しそうに笑った。

◆

次の日の朝、頭を押さえながら起きてくる面々にミヅキが旅立った事を伝える。

二日酔いの痛みも忘れてみんな呆然と立ち尽くす。

「あいつ、言い逃げかよ！」

アラン隊長がミヅキの勝手な行動に怒っている。

「ベイカー！」

「な、なんだ？」

「ミヅキが帰ってきたら、必ずまた王都に来いって伝えろよ！」

「そうよ！　私だってミヅキちゃんと買い物に行く約束をしたんだから！」

「ベイカーさん、是非お願いします！」

「よろしく頼む」

「そうだ！　挨拶もなしに行くなんて、帰ってきたら礼儀を教えてやる！」

隊長達の言葉に部隊兵もそうだそうだと怒った顔で俺を囲む。

「わ、わかった、伝えてはおく。だが、怒っていたなんて言ったらビビってかえって寄り付かなくなるぞ」

「「「「それは困る（わ）！」」」」

部隊兵だけではなく、リュカやギース達も寂しさを隠しきれずにいた。

レアルは彼らに近づくと紙の束を差し出した。

「リュカ、これを……」

「これは？」

「ミヅキからの手紙と伝言です。『この手紙を読みたければカルタを使って言葉を覚えよ！』との事です」

「なんだよそれ、そんなの覚えないわけにいかないじゃん」

「手紙は皆さんの分もありましたよ、頑張って勉強しましょうね」

『はい（うん）！』

子供達は少しスッキリした顔をして自分の手紙を受け取っていた。

「ギース達にもあるぞ」

デボットがギース達にも紙の束を渡す。

しかしそれは、手紙というには分厚すぎるものだった。

「これって……本か？」

「ミヅキが言うにはマニュアルっていうらしい。これからの事や、なにか起こった時の対処方が書いてある」

「俺も字が……」

ボブがそっと手をあげる

「字が読めないやつは子供らと一緒に覚えろ」

ギースがパラパラとめくって中見を流し見する。

「すげぇビッシリ書いてある。敵が来た時の対処方に、独り立ちしたくなった時。食べ物がなくなってしまった時に、米が育たなくなった時ってなんだこれ？」

信じられないと呆れてレアルを見る。

「一人一人手作りだそうですよ」

「えぇ！」

ギースが隣のビリーの冊子を見るとまた違った内容が書いてあった。

「テリーはなんて書いてある？」

「俺のは、料理について書いてあるな。絵もついてるから、これがあればなんでも作れるぞ！あっダメだ……グリフォンカツの作り方は先ずグリフォンを討伐《とうばつ》に行くだと」

「全く、馬鹿なのか凄いのか」

呆れながらもみんな嬉しそうに自分だけの冊子を見つめる。

ミヅキのみんなを心配する想いがそこには詰められていた。

「そこにも書いてある通り、今日から新しい人達が来ます。ミヅキがまたここに帰ってくる日には、あっと驚かせてやりましょう。こんな心配されなくてもやって行けるとミヅキを安心させてあげて下さい」

「おお、当たり前だ！」

「それでも困ったら私かデボットさんかマルコさんに相談してください。ミヅキからも、あなた方をよろしく頼むと言われてますからね」

「すみません、その時はお願いします！　困った時は頼らせてもらいます」

ギース達が頭を下げた。

こんなに素直な気持ちで頭を下げられるようになった事を誇らしく思えた。

◆

「それでベイカーさん達はいつ町に帰るんだ？」

部隊兵が何気なしに聞いてきた。

「ルンバさんとリリアンさん次第だが、近いうちに帰ることになると思う」

「そうですね。その前に一度アラン達の訓練に参加しますかね」

セバスの一言に部隊兵達がどよめいた。

「「「「えっ？」」」」

セバスを見るとニッコリと笑っている。

「何か問題でも？」

「い、いやだってお前忙しいだろ？」

「ミヅキさんがいなくなってしまったので、ベイカーさん達が帰るまで手は空いてますよ」

「訓練に参加って見るだけだよな？」

「そうですね……久しぶりに体を動かしたいのでお付き合い頂こうかと、ミヅキさんがいなくなった寂しさと鬱憤《うっぷん》を晴らしたいので」

「ひぃ！」

「アランには個人的に指導もしないといけませんしね」

「「「それはお願いします！」」」

「うわぁー！　ミヅキー！　かえってきてくれよー！」

アラン隊長の叫びはミヅキには届かなかった。

「なぁ、セバスさん、本当に行くのか？」

「ええ勿論」

いつものきっちりとした格好でなく、上着を脱いで長い袖をめくって楽しそうに答える。

「思いっきり動くのも久しぶりです。ベイカーさんやアランや隊長達が相手なら手加減もいりませんね」

「それって魔法込みですか？」

やる気満々のセバスに思わず敬語になる。

「勿論そのつもりでいますが、いけませんか？」

「なるべく、魔法は封印でお願いします」

「まぁ……考えておきますね」

俺はため息をつきながらセバスと王宮へと向かった。

「今日は元部隊長だったセバスが訓練に参加してくれる。みんな……頑張れ」

アラン隊長の励ましの挨拶に部隊兵達はポカーンとする。

「皆様、今日一日よろしくお願い致します」

セバスが優雅に頭を下げた。

「じゃ、とりあえず走るぞ」

アラン隊長が走り出すとセバスが後ろをピッタリとついて行く。アラン隊長は居心地が悪いのかどんどんとスピードを加速していった。

「ほぉ、結構速く走るのですね」

セバスは感心しながらついていくが、部隊兵達が次々に離されていく。

「ア、アラン隊長、速すぎます！　こんなスピードで走ったらバテますよ」

セシルがアラン隊長に声をかけた。

「いつもはもっと遅いってことですか？　それってちょっと甘くないですか？」

「そ、そうだな。今日からこのスピードで走るぞ、ちゃんとついてこい！」

『えぇ～！』

「出来ないのですか？」

『いえ！』

いつものように十周走るとほとんどの者が息を切らして地面に倒れ込む。

「ミヅキちゃんのレモネードが飲みたい」

「お疲れ様～って、麦茶くれないかなぁ～」

早々に疲れた者が愚痴を言い出した。

「この程度の疲れでミヅキさんから飲み物を頂いたのですか？」

いつの間にかセバスが側に立ち見下ろしている。

「いえ！　まだ大丈夫です」

バッと立ち上がった。

「さぁアラン、次は何を？」

「折角セバスがいるんだから、セバスとやりたいやつが志願するってのはどうだ？」

「いいですね」

「「「「「えぇ～！」」」」」

「その後にアランとやりましょう」

「なぁ？」

セバスの返しにアラン隊長が目をまん丸にした。

「「「「「いいと思います！」」」」」

「では、誰からいきますか？」

「お願いします！」

ガッツ隊長が前に出た。

「いきなりガッツ隊長ですか？」

「私は構いませんよ」

体格が全然違う相手にも余裕の表情だ。

「セバス、武器はどうする？」

アラン隊長が素手で立ち尽くすセバスに声をかけた。

「ベイカーさん、武器を貸して頂けますか？」

「えっ自分の武器は持ってないのか？」

ガッツ隊長が驚いている。

「私は基本魔法です」

俺がセバスに剣を投げると危なげもなく受け取る。

アラン隊長が合図を出すと二人はペコッと一礼した。

「じゃあ、始め！」

「よろしくお願いします！」

ガッツ隊長が様子見で大剣を振り下ろすと、セバスは流すわけでもなく片手で持った剣で受け止めた。

「そんな細い体で？」

ガッツ隊長が警戒して距離を取ると、セバスがすかさず距離を詰める。

ガッツ隊長が巨漢《きょかん》に似合わず素早い動きで大剣を横に振り抜く。

セバスがユラっと揺れたと思うと剣が空を切った。

「えっ？」

その瞬間後ろに気配を感じたガッツ隊長が剣で背中を庇った。

ガッキーン！

「おお、いい反応ですね」

「いつの間に後ろに」

ガッツ隊長が後ろを振り返るが、セバスの姿はもうなかった。

右側に気配を感じて振り向いた瞬間に右脇腹に痛みを感じ、膝をつく。

「ガッツ隊長は力に頼り過ぎですね。もう少し周りをよく見ましょう」

膝をつくガッツ隊長の横で、セバスが見下ろしていた。

「あ、ありがとう、ございます」

セバスが手を差し伸べてガッツ隊長を立ち上がらせる。

「力技も必要な時がありますが、相手の動きを読む事も大切ですよ」

「はい、精進します」

ガッツ隊長が手当てのために下がって行くと、セバスが次は誰かとこちらを見る。

「俺もお願い出来ますか？」

タナカ隊長がセバスに話しかけた。

「勿論ですよ」

セバスはこいこいと手を動かした。

「うわぁ次はタナカ隊長が行ったよ」

「はぁ、そうなると次は俺かなぁ」

アラン隊長と俺が近くで撃ち合いながら話をしていると、セバスが寄ってきた。

「ベイカーさん、剣をありがとうございます」

「もういいんですか？」

「次は長剣で戦って欲しいそうなので」

「完全に教わる気満々だな、タナカ隊長」

「次はあなたとやりますからね」

セバスがアラン隊長を見てニコッと笑った。

「あっ俺の時は短剣で頼む！」

「魔法と足技のみで殺《や》ります」

「はい……」

アラン隊長は本気でやる気のセバスに肩を落とした。

セバスはタナカ隊長に合わせて長剣で撃ち合う。

セバスから攻撃することはなく、タナカ隊長の攻撃を剣で受け止める。

「うーん、タナカ隊長の剣は素直過ぎますね。もっとアランみたく姑息《こそく》になっていいのですよ」

「姑息《こそく》？」

「相手が嫌がる攻撃をするのです。例えば、このような長剣なら……」

セバスがタナカ隊長の剣をいなし、間合いを詰める。

「近づかれたら不利でしょう？」

「クッ！」

タナカ隊長が距離を取ろうと下がるがピッタリとついてきて引き剥がせない。

「相手が自分より素早かったら意味ないですよ。自分の弱点の克服をするといいでしょうね。あとは……」

今度は距離を少し開けた。

「ガッツ隊長の大剣よりも軽い分、速く振らなくては。カイト隊長のレイピアよりも重い分、威力は高いのです」

長剣を目で追えない速さで振るとタナカ隊長の首元で止まる。

「扱えるようになればもっと強くなれますよ、頑張って下さい」

「あ、ありがとうございました」

タナカ隊長の顔に冷や汗が流れた。

「さて、いよいよ本番ですね。アラン！」

タナカ隊長との撃ち合いを終えるとアラン隊長に声をかけた。

「はぁ……本当にやるのか？」

「たまにはいいでしょう？」

「俺はこの間ベイカーと思いっきりやったから体がまだ本調子じゃないんだよ」

アラン隊長がグチグチと文句を言っている間に、他の部隊兵達が練習を止めて場所を空ける。

「では、アラン隊長対セバス元隊長の練習試合を始め！」

グジグジしているアラン隊長を無視してセシルさんが合図をだした。

「セシル、勝手に始めるなよ！」

セバスが文句を言っているアラン隊長に向かって一瞬で近づく。

「うおっ！」

ガッキーン！

セバスの足蹴りを剣で受け止めた。

「足と剣？」

「なんで足蹴りであんな音がするんだ？」

みんなが俺を見ると解説を頼むとばかりに見つめてきた。

「セバスさんは魔法で身体強化してるんだ。足に魔力を纏わせているらしいが、俺には難しくて出来なかった」

「そんな事が出来るのか？」

「だからあんなに細いのに大剣を軽々と扱っていたのか？」

「いやあの人脱いだら凄いぞ。身体強化しなくてもあのくらい軽いだろ」

「なんか、セバスさんが足技を繰り出す度にアラン隊長の後ろの壁が削れるんだが気のせいか？」

先程からセバスの足技の風圧で壁に亀裂が走っている。

「アラン隊長がいつになく真剣な顔してるな」

「無駄口を叩く暇もなさそうね」

隊長達も二人の撃ち合いに注目していた。

「そりゃそんな事したら今度は攻撃魔法までくらわされるからな」

「強化してるのにまだ魔法が使えるのか！」

「前に聞いたら一瞬で切り替えたり魔力の流す量を調節するって言ってた」

『まじか』

「うおっりゃあぁぁー！」

アラン隊長の雄叫びが出る。剣を地面に打ち付ける衝撃で地面が盛り上がり、アラン隊長はセバスに向かっていく。

セバスが避けるとすかさず剣を振り回し砂嵐を起こす。

「ハッ！」

セバスが力を込めて横一文字に足蹴りをすると砂嵐が切れる。

その間からアラン隊長が飛び出して来た。

アラン隊長の剣は炎を纏い斬撃を無数に繰り出す。

セバスが両腕を前に繰り出しながら交差させた。

「水斬刃」

こちらも無数の水の刃を繰り出す。

アラン隊長が水の刃をすり抜けながらセバスに向かって剣を振るうと、セバスが剣を両手で受け止めた。

二人の動きが止まると、見ているみんなが息を吐いた。

「怖ぇー！」

「なんだよ、あの人達！」

「本気で殺す気なのか？」

二人の戦いから目が離せないでいる。

「すみません！　セバスさんはいますか？」

すると王宮の従者《じゅうしゃ》の人がセバスを呼びに来た。

「危ないぞ、近づくな！」

「し、しかしアルフノーヴァ様がセバスさんを呼んできてくれと仰っています」

アルフノーヴァと聞いて、セバスの顔が変わる。

バチン！

アラン隊長の剣を伝って雷魔法を流す。

「ぎゃぁぁー！　いってぇー！」

アラン隊長から煙が登った。

「アラン、アルフノーヴァさんからの呼び出しのようです。ここまでにしましょう」

「おお……」

アラン隊長はホッとしたように剣を下ろすとドサッと座り込んだ。

「今日はお世話様でした。また夜にでも飲みましょう」

「それなら大歓迎だ！」

アラン隊長がスクッと立ち上がる。

「すみません、アルフノーヴァさんがお呼びだと聞こえましたが？」

セバスが従者《じゅうしゃ》の元に走って行った。

「こちらです！」

セバスは従者《じゅうしゃ》と共に王宮に向かっていった。

◆

私は従者《じゅうしゃ》の後をついて、地下の牢屋へと向かった。

「アルフノーヴァさんがこんな所に？」

「ただいま闇魔法を使ったグリップの取り調べを行っていましたが、急にグリップの様子に変化がありまして……」

従者《じゅうしゃ》のただならぬ様子に歩く速度を上げた。

「あちらの扉です！」

従者《じゅうしゃ》が指し示す扉が見えると、瞬時に結界を張って扉を開けた。

「師匠《ししょう》！」

「セバス、いい所に！　お願いです、一緒にこいつを抑えるのを手伝ってください！」

部屋の中はグリップと思われる男と師匠《ししょう》のアルフノーヴァさんの二人だけだ。

そしてグリップは体が張り裂けそうに膨れあがっていた。

「突然痛みを訴えたと思ったら、闇の魔力が増幅して体を内側から突き破ろうとしています！」

アルフノーヴァさんは魔力でそれを抑え込もうとしていた。

「はい！」

私は手をあげ、膨れ上がるグリップに向かって魔力を込める。

「ずっとは抑え込めませんよ」

「わかっています。とりあえず、今をしのげれば！」

アルフノーヴァさんの言葉を信じてありったけの魔力を込めた。

どうにかグリップの膨張が止まると、アルフノーヴァさんがグリップの頭に手を置き睡眠の魔法をかけた。

「グリップにはしばらく、闇魔法ごと眠ってもらいましょう」

「一体何があったのですか？」

疲れてどかっと椅子に座り込むとアルフノーヴァさんに問いかける。

「グリップがミヅキさんに闇魔法を使ったのは聞いていますか？」

「闇魔法を使われた事は聞いていましたが、この男だったのですか」

「そんなに怒らないでください。ミヅキさんには闇魔法が効かなかったのですから」

「しかし、ミヅキさんを殺そうとしたということですよ」

「それなんですが、どうやら操られたか騙された可能性が高いようです」

「一体誰に？　仮にも王宮部隊兵ですよ！」

「そこら辺を聞こうと思っていたら急に様子がおかしくなって、先程の通りです。どうやら魔力は怒りに反応しているようでした。あとはこれを」

アルフノーヴァさんが私に黒い魔石を見せる。

「これが、皆さんが言っていた黒い魔石ですか？」

「多分、これがグリップにも埋め込まれていると思います」

「なら、どうすれば？」

「ミヅキさんなら……助けられるかも知れません」

「嫌です」

嫌な予感に即座に却下するとアルフノーヴァさんは困った顔で笑った。

「まだ何も説明していないでしょ」

「何故ミヅキさんを殺そうとした者を助けなければいけないのですか？」

厳しい目を向ける。彼は仮にも犯罪者なのだ、助ける義理はない。

そしてまたミヅキを関わらせるのがとてつもなく嫌だった。

他の者なら気を失いそうな冷たい視線を向けるが、アルフノーヴァさんは笑って近づく。

「またそんな目をして、もしミヅキさんが嫌と言うなら私も諦めます。聞くだけならいいでしょう」

「ミヅキさんなら絶対に助けてしまいます。相手が誰であろうと……」

「そうでしょうね。でもミヅキさんの気持ちはどうですか？　彼女なら自分が助けられる命があるのを教えて貰えなかったとしたら」

私は自分よりも一枚上手のアルフノーヴァさんを睨みつける。

「相変わらず、ずるいですね」

「すみません」

「でも、師匠《ししょう》の願いは叶えられません。ミヅキはもう王都を出ました」

「えっ？」

「つい昨日ですがコジローさんの里に向かいました。ドラゴンに乗って行ったので、追いつくのは厳しいと思いますよ？」

「なんとタイミングの悪い」

「次に王都に来るのはだいぶ先になると思います。それまでその男が持ちますか？」

ニヤッと笑った。

「グリップがいつまで持つか」

「頑張れば一ヶ月は持つんじゃないですか？」

他人事のように興味なさげに答えた。

「セバス、今からミヅキさんを追いかけて王都に連れて来てください」

「私はコジローさんの里の場所を知りません」

「彼は確か王狼族ですよね？」

「知っていたのですか？」

コジローは私達以外には秘密にしていたはずだ。

「戦い方や武器を見てわかりました。彼らの住む場所も大体わかります」

「しかし私も町に仕事があります。休みたいのは山々ですが」

「それは王宮から人を手伝いに出します。あとは……ベイカーさんならあなたについていけますね。どうか二人でミヅキさんを連れてきて下さい」

「わかりました」

私はアッサリと了承した。

「あれ？　自分で言うのもなんですがいいのですか？」

アルフノーヴァさんが思いのほか二つ返事で答える私に驚いた顔をする。

「仕事でミヅキさんの元に向かえるなら願ってもない、いい条件だと思っただけです」

追いかけて会った時の驚いたミヅキの顔を想像して笑みを浮かべる。

「そんな楽しそうに笑って」

はぁ……とため息をつかれた。

「ベイカーさんには私が伝えておきますので、ベイカーさんの代わりの護衛の準備をお願いしますね。あとはディムロスさんに、私の代わりの者の手配も」

「わかりました。やっておきますから、早めにミヅキさんを連れ帰って下さい」

「わかっています。それでコジローさんの里は？」

「彼らはウエスト国とサウス国の間にある霧の森の中にあります」

「霧の森か……また面倒なところに」

「だからあなたとベイカーさんに頼むのですよ」

アルフノーヴァさんがニッコリと微笑み返した。

◆

そういう訳で俺とセバスは、ミヅキの元に向かっていた。

するとその道中、空を見上げると魔物が凄まじい速さで王都に向かって行くのが見えた。

警戒すると向こうもこちらに気が付き、スピードを落とす。

まさかと近づくと、ミヅキの従魔になったプルシアというドラゴンだった。

「やはり、ミヅキさんといたドラゴンですね」

「ミヅキはいないな、何かあったのか？」

俺達が顔色を変えるとプルシアが手紙を差し出した。

「なんでしょう？」

「また手紙か？」

受け取るとセバスさんに渡し手紙を広げた。

『セバスさん、ベイカーさんへ
無事、コジローさんの里に着きました。

そこでは私のずっと探してた食材があったよ！

まだ離れてそんなに日がたってないのに、やっぱりちょっと寂しいなぁ。

料理を作りながら二人にも食べさせたいって思っちゃった。

それでね、二人にも食べさせたいこの料理を、さらに美味しくする食材が海にあるんだよ。

それをどうしても手に入れたいの！

コジローさんに駄目だって言われたから、二人に手紙を書きました。

海に行きたい！

そして食材を手に入れて、私が育った故郷の味を二人にも食べさせたいです。

どうかな？　行っていい？

二人の娘のミヅキより』

手紙を読み終わると顔を見合わせた。

「おい、これどう思う？」

セバスの顔を見た。

「ミヅキさん、これは……」

セバスが嬉しさと戸惑いに顔を歪めている。

「こんな事を書かれて駄目だって言えるかよ！」

俺は思わず心の底から叫んだ。

「ミヅキさんの故郷とは、彼女の記憶と何か関係がありますかね」

「これで駄目だなんて言ったら、絶対しばらく飯作ってくれねぇぞ！」

「しかしよりによって海とは……まぁシルバさんがいれば魔物は問題ありませんが、また何かに手を出して巻き込まれそうですよね」

「それはあるな」

「ここから里まで後どのくらいでしょうか？」

「一日中走り抜けば着くんじゃないか？」

俺達は突然の手紙にどうしようかと悩んでしまった。

【返事はないのか？】

プルシアは何やらグルルルーと唸っている。

「ドラゴンも返事待ちのようですよね。しかしアルフノーヴァさんにミヅキさんを連れて来るように言われていますし、海は野暮用《やぼよう》がすんでから連れていってあげましょうか」

「そうだな、先の用事をすませないと。だがミヅキが海を選んだらどうするんだ？」

「それなら海に行きましょう。行くか行かないかはミヅキさん次第ですからね」

「まぁ答えは決まってるけどな」

「そうでしょうね」

セバスとしては面白くなさそうに顔を歪める。

セバスとしては王都に行って欲しくないのだろう。

「ドラゴンさん、ミヅキさんに伝えて貰えますか？　私達はあと一日程でコジローさんの里に到着すると思います。それまでそこで大人しく待っているようにと……」

プルシアは頷くと飛んできた方向の空へと羽ばたいて行った。

俺達はミヅキがいるプルシアが向かう方角に向かって、またひた走り出した。

六　食い違い

里でプルシアの帰りを待ちながらまったりとしていると、突然プルシアの声が頭に響いた。

【ミヅキ、聞こえるか？】

【あっプルシア！　聞こえるよ、そっちは大丈夫？】

プルシアの声にガバッと立ち上がる。

【今手紙を渡したんだが】

【うん、どうだった？】

【それが、向かう途中でそいつらに会ってな】

【セバスさんとベイカーさんに？】

【ああ、確かに王都で見送りに来てた奴らだ】

嫌な予感に背筋がゾクッとした。

【こっちに向かってたの？　なんで？】

【いや、それは知らんが、どうやらあと一日程でミヅキの元に着くそうだぞ】

「えーー!!」

いきなり大声で叫び出した私に、周りにいた人達がびっくりする。

【どうした！　ミヅキ！】

【ど、どどうしよー！　セバスさんとベイカーさんがこっちに向かってるんだって！】

【なんでだ？】

【なんでだろ？】

シルバの言葉に一度冷静になり考える。

しかし考えてもわからずに、右へ左へウロウロとしてしまう。

シルバに声をかけられるが耳に届かない。

【ミヅキ、落ち着け】

「はっ！　もしかして海に行くのをもう既にキャッチされてたの？　それとも迷子になったのがバレた？　まさかＧＰＳでもはめ込まれてる？」

自分の体をペタペタと触り確認する。

【じーぴーえす、なんだそれは？　ミヅキには何も付いてないぞ】

シルバが私の体の周りを回って匂いを嗅ぐ。

【どうしようシルバ！　なんで来てるのかな？　そうだ、コジローさんならなんか知っているかも？】

私はシルバに頼んでコジローさんの元に向かってもらった。

「コジローさーん！」

必死の形相でコジローさんの元に向かった。

「コジローさん大変！　なんか、セバスさんとベイカーさんがここに向かってるんだって！　あと一日で到着するみたいなの。なんか知ってる？　そういう予定だったの？」

私の勢いにコジローさんも驚きを隠せない。

「なっ、なんで二人が？　いや知らない。ここで一週間も滞在したら町に帰る予定だったよな？」

「そ、そうだよね？　なんで……私なんかしたっけ？」

「黙って出てったからとか？」

コジローさんに言われてビクッ！　と肩が跳ねた。

「いや、それはお見送りに来てくれたもん」

「そうだな」

コジローさんもそれは無いかと頷く。

「コジローさん、私が迷子になったのって言った？」

コジローさんが首を横に振る。

「いや！　まだ言ってないぞ！」

大声で否定するが……

「まだって言うつもり？　コジローさんの裏切り者〜」

ジロっとコジローさんを睨む。

「だけど黙っている方が怒られるぞ。俺も一緒に怒られてやるから」

コジローさんが優しく肩に手を置いた。

「ううう……」

私はガクッと膝をつく。

「でも迷子のことじゃないなら、なんでこっちに向かってるの？」

「まさか、海に寄り道する事を察知したのか？」

「やっぱりそうかな！　あの二人なら有り得そうだよね！」

「だから言ったんだ、やめておけって」

「だってー、まだ行ってないよ。行って怒られるならまだしも、行ってもないのに怒られるなんて理不尽すぎる」

納得いかないと頬を膨らませた。

そしていい事を思いつき、コジローさんをチラッと見つめる。

「コジローさん？」

「駄目だ！」

「まだ何も言ってないし！」

「どうせ海に行こうだろ？」

コジローさんに思考を読まれてびっくりする。

「よくわかったね」

「はぁ……」

コジローさんはため息をつくと少し冷静になったのか、落ち着いて話しかけてきた。

「これ以上怒らせる前に先に謝った方がいいんじゃないか？」

「そ、そうかな？」

どうしようかと落ち着かない様子でウロウロとしていると、騒ぎに里の人達が集まってきた。

「ミヅキどうしたの？　何か困り事？」

ユキさん達が心配そうに声をかけてくれる。

「ユキさーん」

優しい声に甘えたくてユキさんの胸に飛び込んだ。

「どうしよう、今からベイカーさんとセバスさんがこっちに向かっているの。きっと私を怒りにきたんだ」

プルプルとユキさんの腕の中で震えた。

「ミヅキ様を怒る？」

「なんだ、そのとんでもない奴らは……」

「ミヅキちゃんがあんなに震えて、可哀想に」

「許せん！」

私の怯えた様子に里の人達がワラワラと近づいてくる。

「みんな、わかってるわね！」

ユキさんがみんなに目線を送ると里の者達は一斉に何処かに消えて行った。

「ん？」

周りが急にシーンと静まりかえり、どうしたのだろうかと顔をあげた。すると先程までいた人達が見る影もない。

「あれ、みんなは？」

コジローさんを見ると顔を真っ青にしながらアワアワとしている。

「ユ、ユキ！　みんな何をしに行ったんだ」

「ミヅキを守りに行ったに決まっています！」

当たり前のように答えるが私はここにいる。

「えっどういう事？」

対照的なコジローさんとユキさんを交互に見た。

「ミヅキを脅かすものはこの里の者が許さないわ！　安心してミヅキ、そのセバスとベイカーって奴らは私たちが迎えうってあげるから！」

驚愕の答えに私は一瞬思考が止まった。

迎え撃つ？　誰を？　セバスさんとベイカーさんって言ったよね。いや、無理でしょ！　あの人達鬼みたいに強いもん。聞き間違いかな？

「えーと……セバスさんとベイカーさんを迎えに行ってくれるって事？」

「そうよ！　派手に迎え（うって）てあげるわ！」

「そっか〜、ありがとう！　盛大に迎えてあげれば二人も喜ぶね！」

「そうね……盛大にね」

ユキさんが不敵に笑う。

「よし、じゃ私もご機嫌取りのご飯を用意しておこう！」

「えっミヅキ……大丈夫か？　なんか食い違ってないか？　とりあえずユキはみんなをすぐに止めろ」

コジローさんが必死にユキさんを止めようとした。

「大丈夫です！　コジロー様は安心してミヅキを守っていて下さい。あの二人は私たちにお任せを、必ずや二人の前に（跪《ひざまず》かせ）連れて来てみせます！」

「えっ？」

「よかったね、コジローさん、これで怒られないですむかもよ！」

「そ、そうか？　俺は嫌な予感しかしないんだが、やっぱり俺もそっちに行くよ」

「駄目です！　コジロー様に何かあったらどうするのです。それに誰がミヅキを見ているんですか？」

「うっ」

「大丈夫です！　私達を信じて下さい！」

「いや、信じてはいる！　信じてるが、なんだかちゃんと意思が伝わってる気がしないんだ」

「いえ、私はコジロー様の考えている事が手に取るようにわかります」

「はっ？」

「ですから……二人を討ったあかつきには、二人でお出かけに行ってください！」

ユキさんは一方的に言うと顔を赤く染め恥ずかしそうに消えて行った。

ユキさんは意外と大胆にコジローさんを誘ったようだ！

「今二人を討つって言った？」

しかしコジローさんは違うところが気になったようだ。

「それよりもユキさんデートしてって言ってたよ！」

どうするの？　とぴょんぴょんと周りを跳ねていたが、私にも先程の言葉が頭に到着してピタリと止まる。

「「えっ……二人を討つ？」」

「やっぱり迎えるって」

「迎え撃つって事⁉」

「「やばい！」」

私とコジローさんは絶対に怒られる未来に、二人して頭を抱えた。

「どうしようコジローさん、このままだと里のみんながベイカーさん達と衝突しちゃう！」

「まずいな、死人が出なきゃいいが……」

コジローさんが悲しそうな顔をする。

「ちょっと、不吉なことを言わないでよー」

「だ、大丈夫だ。今から行ってみんなにちゃんと説明すればまだ間に合う」

私達がみんなの後を追おうとすると声が聞こえてきた。

【ミヅキ、里に着いたぞ】
【あっ、プルシアお疲れ様！　ちょっと待っててね！】
「コジローさん、プルシアが帰ってきたみたい！」
私はコジローさんに伝えた。
「俺が迎えに行きながら、みんなに説明してくるよ」
コジローさんが急いで里から出て行く。
【ミヅキ、大丈夫か？】
プルシアが心配そうに声をかけてきた。
【うん、今コジローさんが迎えに行ったから、待っててね！】
【ああ、それはいいが、何かあったのか？　里の者達がみんな森から出て行くが】
【はへ？】
思わず変な声が出てしまった。
【なんで森から出ていったの？】
【セバスとベイカーを迎え撃ちに行ったんじゃないのか？】
シルバが横から口を挟んだ。
【えっ、森で迎え撃つんじゃないの】
【気持ちが先走ったみたいだな】
ヤバい、コジローさん間に合わないよね。

◆

その頃俺は森を出るべく走っていたが、一向に里の者に出会わないでいた。

おかしいぞ？　変だと思いながらそのまま森を抜けてしまった。

「プルシアさん！」

森を抜けると目の前に小さいプルシアさんが現れた。

「どういう事だ？　里の者がいない」

プルシアさんがクイクイっと外の平原を指さすので、目を細めて遠くを見つめる。

そこにはうっすらと里の者達が走る姿が見えた。

「なんで霧の森から出ているんだ！」

俺は誰もいない森に向かって叫び声をあげた。

ひとまずプルシアさんをミヅキの元に案内する事にした。

◆

「森には誰もいなかった。みんなベイカーさん達を森に近づけない気だな」

コジローさんがプルシアと戻ってくるなり、肩を落としながらみんながいなかった事を説明してくれた。

「今から追いつく？」

「どうかな、もう結構進んでるだろうし、ベイカーさん達もこちらに向かってるし、なんならもう既に……」

【シ、シルバ！】

振り返りシルバに助けを求めた。

シルバは仕方ないとゆっくりと起き上がる。

【急いでみるが追いつくかわからんぞ】

【お願いします。プルシア帰って来たのにごめんね、休んでてね！】

私はシルバに跨ると急いで里の人達を追いかけに行った。

◆

俺とセバスはミヅキに早く会うべく、スピードを最大限にあげて駆けていた。

しかし前から不穏な気配を感じ、急遽スピードを落とした。

「また、何か来ますね」

「今度は数が多いな、なんだ？」

俺達は武器を取り構える。

前からコジローと同じような出で立ちの集団がゾロゾロと現れた。

その中の一人が前に出てくる。

「お前達がセバスとベイカーか!?」

「女?」

話し出した声に反応する。

セバスが武器を下ろして一歩前に出ると、武器を構えて身構えられるが、そのまま話し出した。

「すみません、私がセバスと申します。その出で立ちからコジローさんの里の方とお見受けしますが、間違いないでしょうか?」

「コジロー様になんの用だ!?」

「コジロー様ぁ~」

俺は思わず笑ってしまった。

すると喋っていた女性がすごい形相で睨んできた。

「ベイカーさん、少し静かに!」

セバスが俺を窘めるが笑いが止まらない。

「だって、あのコジローを様呼びとは! ぶっ!」

「殺す!」

女が飛び出すと俺に刀を向けた。

俺はサッと避けると女の手を掴み、刃を防いだ。

「いきなり危ねぇな。コジローはどんな躾《しつけ》をしてんだ」

「うるさい！　離せ！」

女がすごい力で暴れている。

「ベイカーさんいい加減にしてください！　話が進みません！」

セバスが俺の腕から女を離して庇うように後ろに隠した。

「失礼致しました。全く女性に手を出すなど、しないように言いつけてあったのはずなのに」

女の手を掴んで俺が握っていた所を優しく撫でている。

「痣《あざ》にはならなそうですね」

手をそっと離しながらニコッと笑いかけた。

「そ、そんなやわな鍛え方はしてないわ、でも……まぁありがと」

女は少し頬を赤くして、ぷいっと顔を背けながら礼を言った。

「すみません、私達はミヅキに会いに来たのです。今そちらに世話になっていると聞いていたのですが」

「ええ、確かにミヅキのことは知ってるわ。そしてあなた達の事も聞いている。ミヅキに害をなす者として！」

「「害？」」

「ベイカーさんならわかりますが、私もですか？」

セバスが納得いかないでいる。

「いや！　俺だって害なんて及ぼした事ないぞ！」

「あなたはこの間、ミヅキを泣かせたでしょうが」

「「「何⁉」」」

里の者達がピリついた。

「やはり……敵！」

里の者達が再び武器を構えてしまった。

「ストッーーープ！」

するとそこに慌てた様子のミヅキがシルバに乗って間に降り立った。

◆

私はどうにか衝突寸前のみんなの前にたどり着いた。

そして両者に手のひらを見せて停止させる。

「ベイカーさんもセバスさんもユキさんも待って！　ごめんなさい、これは全面的に私が悪いです！」

唖然としているみんなを見回して潔く土下座をした。

「おい、ミヅキどういう事だ！」

「ミヅキさんとりあえず立ちなさい。足が汚れます」

セバスさんがいち早く私に駆け寄り抱き上げて立たせてくれた。

「まったく、やっぱり何かしたんですか？」

セバスさんが私の膝についた土を落としながら見あげてくる。

「まだしてなかったよ？　ね、シルバ」

シルバを見るとそっと目線をそらされる。

「ミヅキ〜？」

今度はベイカーさんが腕まくりをしながら近づいてきた。頭を拳骨で挟み持ち上げる。

「痛い、痛いよ！　ベイカーさん」

「今度は何したんだ。なんでコジローの里の人達が俺達を襲うんだ！」

説明しようとすると、ユキさんがベイカーさんから私を引き離した。

「あなたさっきからなんなの！　ミヅキに近づかないで！」

ユキさんが隠すように私をギュッと抱きしめた。

「ユ、ユキさん……くっ、くるしー」

ユキさんの胸に押しつぶされて私の顔が潰れる。

「ミ、ミヅキごめん……大丈夫？」

ユキさんが慌てて私の顔を見て心配している。

「なんか、色んな意味で……沈んだ」

身も心もぐったりしてしまった。

「すみません、ちょっとよろしいですか？」

いつの間にセバスさんがユキさんの後ろに立っていた。

「えっ」

セバスさんの気配に気がつかなかったユキさんが慌てて振り返ろうとすると、ヒョイっと私を奪われる。

「大丈夫ですか？　ミヅキさん」

セバスさんが抱き上げ顔を覗いてきた。

「セバスさん、ごめんなさい。なんかみんなが迎えに行ってくれると思ったら、迎え撃つの勘違いだったの」

「そうですか……まぁ、よくある言い間違えですよね」

「いや！　よくねぇだろ！」

「ベイカーさんうるさい！　やっぱりセバスさんならわかってくれるよね」

私はセバスさんを抱きしめた。

「セバスさん、なんで来たのか知らないけど、会えて嬉しい！」

「ミヅキさん、大変嬉しいですがキチンとお話ししましょうね」

なんとか誤魔化そうとしたが、セバスさんは私を持ち上げると顔を合わせてニッコリと笑った。

「はい……」

私セバスさんに捕獲されたまま、みんなと霧の里へと向かった。

里に戻ると、私とコジローさんはセバスさんとベイカーさんの前に座らされる。

「では説明をお願いします」

「えっと、ここに来るまでは順調で、特には何もないよね？」

コジローさんをチラッと見る。

「ミヅキさん、本当ですか？」

「ミヅキ、正直に言っといた方がいいぞ！」

セバスさんもベイカーさんも私の顔を見つめる。

「はい……迷子になりました」

「やはり」

「お前はちっとは大人しく出来ないのか！」

「大人しく待ってたよ。ただ霧を少し触ったら、みんなとはぐれちゃったんだもん！　あれはベイカーさんだって絶対はぐれるね！」

「ま、まぁ、俺もちゃんと説明してなくて、でもその後はちゃんと怪我もなく合流出来ましたから」

コジローさんがフォローしてくれた。

コジローさん！　ありがとう〜！

感謝の眼差しでコジローさんを見つめる。

「それで？」

セバスさんが先を促してきた。

「その後は一緒にご飯作ったり、もふもふしたり、いい子にしてたよね？」

「そうね、とってもいい子だったわ」

ユキさんが代わりに答えてくれた。

「では何故あんな事に？」

「プルシアが手紙を渡しに行ったよね？」

「ええ、来ました。私達もそちらに向かっていたのでちょうどよかったです。だから待つように伝えてもらったはずですが？」

「そ、そう！　なんでベイカーさん達がこっちに向かってたの？　私、まだなんもしてないよね？」

「まだって、これからするのかよ」

ベイカーさんが呆れている。

「いや、その海に行くのはやっぱりダメだったのかなって」

「行く前に私達に聞いただけでも成長ですかね」

「ちっさい成長だな……」

度重なるやらかしのせいで二人が辛辣《しんらつ》。

「それより……なんで二人は来たの？　まだなんにもしてないなら、私を怒りに来た訳じゃないんだよね？」

理由を聞こうとするとセバスさんが顔を歪めた。

あまり見ない表情にびっくりしてしまう。

「なぁにセバスさん、何かあったの？」

「実は」

セバスさんは王都でのグリップさんの状態を説明してくれた。

「行く！」

私は二つ返事で了承した。

「ミヅキさん、よく考えて下さい。あの人はあなたを殺そうとしたのですよ？」

セバスさんが心配そうにしている。

あの表情は私を心配するあまりの顔だったようだ。

「私は死んでないし怪我もしてないです。もし、グリップさんが自分の意思でこんな事をしたのじゃないなら、やっぱり助けてあげたい。一緒に訓練した仲間だもん」

「だから言ったんだ」

ベイカーさんがほらなと肩をすくめる。

「こうなると思っていました」

セバスさんも答えはわかっていたとガックリしている。

【プルシア、疲れている所ごめんね。また王都まで行ってもらってもいい？】

【疲れてないから大丈夫だ。ミヅキの為なら何処へでも】

プルシアがニッコリと笑う。

【ありがとう～】

プルシアをギュッと抱きしめるとベイカーさん達に伝える。

「セバスさん、ベイカーさん、私シルバ達と王都に行ってくるよ！　それでグリップさんを助けたら、またここにすぐ戻ってくる」

「そうですね。私達が一緒だと足手まといになりそうです。今からだと全力でも二日はかかりますからね」

「お、王都まで二日で？」

話を聞いていたユキさんがセバスさん達を信じられないと見つめている。

「じゃ、行ってきます。戻って来たら、一緒に海に行ってくれる？」

うかがうように二人に振り返った。

「しょうがねぇな」

「そうですね。頑張ったご褒美をあげないといけませんからね。その代わり、アルフノーヴァさんの言うことをよく聞くんですよ」

「はい！」

私達は霧の森を再び出るとプルシアに乗った。

【プルシア！　全速力でお願い。シルバ、シンク、コハク行くよ！】

【【【ああ！】】】

【かなりのスピードを出すから、目を閉じていろよ】

【うん】

私はシンクとコハクを抱きしめるとプルシアにしっかりと掴まる。その上からシルバが覆い被さってくれた。

「じゃ行ってきます」

私の合図にプルシアが飛び立った。

「気をつけて下さいね」

セバスさんが心配そうに手を上げる。

「無理するなよ」

ベイカーさんに頷いてセバスさんに手を振った。

【行こう！】

プルシアが一気に加速すると、みるみるうちに姿が見えなくなった。

七　再び王都へ

「大丈夫……だよな」

せっかく会えたのに、すぐにまた離れ離れになってしまい、心配でセバスさんを見つめる。

「アルフノーヴァさんもアランもいます。大丈夫でしょう」

「まぁ、シルバ達がいるしな」

「ミヅキさんの事ですからケロッと帰ってきて、すぐ海に行こうって言うんじゃないですか？」

「確かに言いそうだな」

「セバスさん、ベイカーさん、ミヅキが帰って来るまで里を案内しますよ」

コジローが俺達を里に促すが、しばらくはミヅキが飛び立った方向をずっと眺めていた。

ようやく気がすんだので、里に案内してもらう。

「それでコジロー、他には隠してることはないよな？」

「えっ？」

俺はコジローの肩を掴むとニッコリと笑う。

「い、いえ。もうありませんよ……」

コジローは誤魔化そうと必死なようだが、掴んだ肩の温度が少し上がった。

「本当か？　だってミヅキの手紙に美味いもんを手に入れたって書いてあったぞ。ミヅキが美味いもんを手に入れて、そのままでいるわけないだろ！」

「あっ、そっち？　いや、いつも通りみんなに飯を作ってくれて、本当それだけですよ」

「ほー、どんなご飯を作ったんですか？」

セバスが興味深そうに聞いた。

「俺の兄が作っていた醤油《しょうゆ》と味噌《みそ》が、ミヅキが探していた食材だったらしく……それを使った〝うどん〟と〝天ぷら〟〝味噌炒め〟〝田楽《でんがく》〟が美味かったな。後はカボチャの甘いお菓子とくずの菓子、あと味噌《みそ》のスープ……確か、味噌汁って言ってたかな」

コジローが思い出しながら淡々と料理名を言っていく。

「美味かったのか？」

「それはもう！」

コジローが頷く。

「残ってないのか？」

「残念ながら、すみません」

無いと聞いて力が抜けて、膝から落ちる。

「ミヅキさんが戻って来るまでお預けですね」

セバスが苦笑するが諦めきれない。

「うどんと天ぷらなら里の者が作れると思いますよ。ミヅキに習いながら作っていました」

コジローの言葉に元気が湧いてきた。

「コジローくん！　是非とも里の皆さんに作ってもらってくれないかな！」

コジローに詰め寄ると若干引いてるみたいだが気にしない。

「き、聞いてみます」

コジローは里の人達に聞きに行ってくれた。

「ふふふ、こりゃ楽しみだな！」

美味いもんが食べられるかもとニヤッと笑う。

「まったく、無理に頼まないでもミヅキさんを待てばいいじゃないですか」

「ミヅキは、帰って来たら直ぐにでも海に行くに決まってる。待っている間にする事もないし、俺は美味いもん食うぞ」

ゴン！　セバスが頭に拳骨を落とした。

「言葉遣いが悪い！　ミヅキさんが真似をしたらどうするんですか。少しは考えなさい」

「痛っー！　最近離れていたから油断した。気をつける」

かなり痛い躾《しつけ》に頭をさすっていた。

◆

【ミヅキ、大丈夫か？】

シルバに包まれて快適に王都までの空の旅をしている私は、問題ないと声をかける。

【全然大丈夫だよ。なんにも見えないけど、シルバが庇ってくれてるから風も感じないし】

同じように包まれているシンクとコハクを撫でた。

【二人とも平気？】

【問題ないよ！】

【キャン！】

【あとどれぐらいかな、半分くらいは来たの？】

【いやもうあと少しで着きそうだな】

シルバの言葉にびっくりする。

【えっ、早くない？】

行きにかかった時間を思い出すと、もう少しかかっていた気がする。

【ミヅキの作ったあの肉を食べたからかな、力が増した気がする】

プルシアの爆弾発言に一瞬シーンとしてしまう。

【えっ、そんな事ってあるの？】

【いや、初めてだ。私は食事というものをちゃんと取ったことがなかったから。しかし、あのミヅキの飯は食べた途端に力が湧いてきた】

【わかる～。僕もミヅキと会ってからどんどん強くなってる気がする！】

シンクの言葉にシルバもコハクも頷く。

【なんでだろうね？】

【ミヅキの想いが詰まってるからかな】

シルバの答えに嬉しくもむず痒くなる。

【じゃ、これからもたっくさん想いを込めて作るからね】

そんな話をしているとすぐに王都が見えてきた。

【そろそろ着くぞ、何処に行けばいい？】

【アルフノーヴァさんは、私がプロシアと来る事を知ってるから、前に降りた王宮の広場でいいと思うよ！　急ぎの用事だし時間が勿体ないから】

プルシアは王都の防壁を軽々と越えると以前に降り立った広場に向かった。

広場にいた兵士達がプルシアに気が付き、急いで常駐の隊長を呼びに行った。

私達はシルバと共に地面に降りると兵達に囲まれた。

「ミヅキ！」

カイト隊長とエドさんが、兵をかき分け共に走ってくる。

「あっカイト隊長、エドさん！　久しぶり〜ってほどでもないかな？」

笑顔で手を振るとカイト隊長が私を抱きしめる。

「カ、カイト隊長？」

「隊長！」

エドさんが驚いて声をかけると、カイト隊長がハッとしてバッと離れた。

「ミヅキ、酷いですよ。あんな挨拶もなしに……心配しました」

カイト隊長の心配そうな顔と声に申し訳なくなる。

「うっごめんなさい」

「ミヅキが王都を出て行くのはわかっていました。寂しいですが挨拶くらいさせて下さい」

「はい」

私がしっかりと頷くとカイト隊長にも笑顔が戻った。

「私だけでなくみんなも寂しがっていましたよ」

「そっか…」

「今度旅立つ時は教えて下さいね」

「うん、約束します！」

カイト隊長とエドさんが私の言葉にホッとしていた。

「では急いでアルフノーヴァさんの所に案内しますね。こちらです」

「よろしくお願いします！」

私はカイト隊長の後ろを急いでついて行ったが、足が遅いので途中でエドさんに抱き上げられる。

「ミヅキ、しっかり掴まってろよ」

「うん、エドさんよろしく」

エドさんがチラッチラッとこちらを見ながら早足で駆けている。

「なにエドさん、さっきから見て。何か言いたいことあるの？」

「いや、ほとんど隊長が言ってくれたからな。ただ元気そうでよかったって思ってな」

「うー」

私はエドさんの服を掴みながら唸る。

「なんだ、どうした？　腹でも痛いのか？」

エドさんが心配そうにする。

「なんでみんなそんな優しいこと言うの。なんか、黙って行った自分が嫌になる」

「なら次はするなよ」

「うん、もうしないよ」

私の反省した様子にエドさんは笑って、抱き上げる腕に少し力をこめた。

「ここです！」

地下に行くと扉の前で止まったカイト隊長が私の顔を見る。

私が頷き返すと扉を叩いた。

【待て、ミヅキ、先ずは俺が先に入る】

シルバが私の前に立ち塞がると、カイト隊長も察してシルバを見て頷いた。

「どうぞ」

アルフノーヴァさんの声が聞こえるとカイト隊長が先ず部屋に入る。その後ろからシルバが続いた。

【ミヅキはちょっと待ってろよ】

【うん、でもグリップさんが心配だから早くね】

【ミヅキがその馬鹿を助けたい事はわかってる。納得いかないが、ミヅキはやるんだろ】

【うん】

【だからせめてそいつの状態を見てくる。罠かもしれないからな】

【わ、わかった】

ここは大人しく待つ事にした。

シルバが入ってから少しすると了承の声がかかる。

シルバの声にエドさんから降ろしてもらい部屋へと入る。

するとそこにはアルフノーヴァさんが笑顔で立っていた。

【ミヅキ、入っていいぞ】

「ミヅキさん、お久しぶりです。合同練習以来ですね」

「アルフノーヴァさん、こんにちは。セバスさんからグリップさんの事を聞きました。私に治せるかわかりませんが、出来ることはやってみようと思います」

私の気持ちを聞いてアルフノーヴァさんは頷くと後ろのカーテンを引いた。そこには痩せこけたグリップさんが苦痛な表情で横になりうなされていた。

「これって」

酷い状態のグリップさんの姿に思わず顔を歪める。

「酷い……」

「グリップさんも、ドラゴンの時と同じように黒い魔石が埋め込まれているのでしょう。どうにか今は眠らせて魔石の暴走を抑えていますが、時間の問題です。目覚めて魔石に食い破られるか、このまま衰弱《すいじゃく》してしまうか」

【ミヅキ、もういいんじゃないか？】

【そうだ私の時とは違うかもしれないぞ】

シルバもプルシアも諦めろと言ってくる。

【やるだけやってみる。みんないいかな？】

シルバ達を見ると困った顔をさせてしまった。

【だから嫌なんだ】

シルバは気に入らないとぷいっと横を向いてしまう。

【ミヅキがそこまでする必要はないんじゃないか？　私とは違い、こいつは仕える訳じゃないだろ？】

プルシアも納得いかないのか渋い声を出す。

【プルシアを助けたのだって、別に仕えて欲しくてなんかじゃないよ】

プルシアを撫でると、バツの悪そうな顔をした。

【諦めろ、こうなったらテコでも動かん】

シルバの言葉に私は思わず苦笑してしまった。

【さすがシルバ、わかってるね！】

【シンク！　ミヅキの側にいろ】

【うん、ミヅキに何かあったら僕が守るからね！】

【シンクありがとう。頼もしいよ！】

私と従魔達の話し合いが終わりみんなが落ち着くと、アルフノーヴァさんが話しかけてきた。

「準備はよろしいですか？」

「はい！」

「私がまず眠りの魔法を解きます。するとすぐに闇の魔力が暴走するでしょう」

「その前に私が抑えればいいんですね」

「すみません、本当はあなたにこんな事を頼むべきではないのですが、できるのはミヅキさんしかいないのです」

アルフノーヴァさんが申し訳なさそうに頭を下げた。

「私がしたくてやるんだからいいんです。アルフノーヴァさん、教えてくれてありがとうございました。知らずにこのままグリップさんを死なせてしまっていたら、私きっと後悔したと思います」

気にしてないとニコッと笑いかける。

「さぁ、よろしくお願いします！」

パンと頬を叩くと、グリップさんに向き合った。

「いきます！」

アルフノーヴァさんが魔法を解いた。

「グッガァ……！」

するとグリップさんがカッと目を見開く。痩せこけた顔に目だけが浮かび上がっているような、不気味な表情でそばにいた私を睨みつけてきた。

「お、まぁ……えは」

ブルブルと腕を持ち上げて私の方に手を伸ばしてきた。

「グリップさん、頑張って！」

私はグリップさんの手を握りしめると祈るように魔力を込めだした。

◆

眩しい光にうっすら目を開くと見慣れない天井が見える。

体が思うように動かないが、かろうじて動く目を横に向けると美しい人が本を読んでいた。

「あ……」

声を出そうとするが、上手く言葉が出てこず掠れた声が響く。

しかしその人は気がつくと、本を置いてこちらに近づいてきた。

「グリップさん、気分はどうですか？」

その人は魔法を扱う者なら誰もが憧れるアルフノーヴァ様だった。

「……あ、う」

声を出したいのに出ない。

「無理しなくていいですよ、何か覚えていますか？」

何もわからないと目で訴えた。

「今は眠りなさい」

アルフノーヴァ様は頷くと、目を閉じるように目の上に手を添える。

すると眠くなりそのまま眠りについた。

幾分楽になり、再び目を覚ますと隣で小さい女の子が眠っていた。

その子は自分の手を握りしめたまま眠っている。

繋がった手は暖かくそこから生きる活力が流れているようだった。

この子は誰だ？

まだ幼さの残るあどけない寝顔を見ていると、穏やかな気持ちになり、そのままた眠りについていった。

「うっ」

再度目を覚ますとまたアルフノーヴァ様がいた。

「どうですか？」

「な、何が……」

掠れる声でようやく言葉らしい言葉を発することが出来た。

「何も覚えていませんか？」

上手く働かない頭を頑張って動かし、一番新しい記憶を探る。

確か魔法の訓練の為に何処かに行っていたような……

しかしそれ以上思い出せずにフルフルと首を横に振る。

「グリップさん、あなたは闇の魔法に支配されていたのです」

闇？　闇魔法など何処で……

「うっ」

驚き少し体を動かすと骨が軋むように痛む。

「まだ、動かない方がいいですよ。まぁそれもあと少しの辛抱《しんぼう》です」

アルフノーヴァ様が苦笑すると訳が分からず首を傾げる。そしてまた眠りについてしまった。

◆

「アルフノーヴァさん！　おはようございます」

私は、元気よく扉を開けて入っていく。

「なんですか、あなた達は？」

アルフノーヴァさんが、私の後ろに目を向ける。ゾロゾロと後ろから多くの人達が付いてきているのだ。

「いやぁミヅキが帰ってきたって聞いたからな」

「また直ぐにでも王都を経つって言うんもんだから心配で」

アラン隊長が私の隣りに陣取っていた。

「これからグリップさんに回復魔法かけるから、みんな少し出っててよー。こんなにいたら集中出来ない」

みんなをジロっと見つめる。

「そんな事言って目を離した隙にいなくなるんだろ」

アラン隊長が逆に睨んできた。

「だからそれは謝ったじゃん。アラン隊長しつこいよ！　あとでご飯作ってあげようと思ったのに食べさせてあげないんだから！」

ぷいっと横を向く。

「悪かった！　よし、みんな帰るぞー！　訓練だー」

『はい！』

部隊兵のみんなが揃って返事をすると、アラン隊長に続いて部屋を出て行った。

「じゃミヅキちゃん、またあとで！」

「ミヅキちゃん、ちゃんといてね」

「ミヅキ！　絶対待ってろよ！」

「ミヅキちゃん、またね〜」

みんなが声をかけて出ていくと部屋の中がスッキリする。

「ミヅキさんは人気者ですね」

「なんか、ご飯に釣られてる気がしますけどね」

特にアラン隊長は食い意地がはってるからなぁ。

「そんな事ありませんよ。ミヅキさんが去った王都はそれはもう静かなものでした」

「えー本当ですか？　昨日は疲れて寝てたのに次々に起こされるから、もううるさくてここに逃げてきました」

アルフノーヴァさんが笑っている。

「皆さん、ミヅキさんが帰ってきて嬉しくて興奮しているんですよ」

「まぁ、それならいいんですけどね！」

私は満更でもないと笑った。

「それで、グリップさんの具合はどうですか？」

寝ているグリップさんの寝顔を見る。

「あっ昨日より顔色がいいですね」

最初の頃に比べてだいぶ回復しているようでホッとする
「昨日来た時になにかしましたか？」

アルフノーヴァさんがわかっているかのようにニコッと笑いかけてくる。

「えっと少しだけ回復魔法を……」

【ミヅキ！】

【まったく】

話を聞いていたシルバとプルシアが私を窘める。

【グリップの黒い魔石を無効化したあとに倒れただろうが！】

【ちゃんと回復するまで魔法は禁止にしたのに】

シルバとプルシアに睨まれる。

【だって、シンクが回復してくれたから、ほとんど魔力も戻ってるし】

【王都の奴らがうるさくてここに来たんじゃないのか？】

【いや、ちょっと気にはなってたけど、しばらくはちゃんと寝てたでしょ？】

二人はまだ私をジロっと見つめている。

【本当に今は大丈夫なんだな！】

【それは本当！　もういっぱい寝たし元気満タンだよ！】

私は力こぶを作るポーズをした。

【それでもここまで回復したんですから、もういいんじゃないか？】

プルシアがグリップさんを冷たい視線で見下ろした。

【駄目、体が黒い魔石に無理やり強化されてズタボロになってる。きっとこのままほっといたら、もう二度と歩けないよ】

グリップさんの手をそっと握ると弱い力で握り返された。

「グリップさん！　大丈夫？」

グリップさんの顔を覗き込むとゆっくりと瞼が開いた。

「だ、れ……？」

弱々しく開いた口で必死に喋ろうとしていた。

頑張って生きようとする姿に私はみんなを見つめる。

【シンク】

シンクは仕方なさそうに私の腕の中に飛んでくると魔力を練り出した。

するとシンクがポカポカと暖かくなる。

【わかったよ】

「凄い……」

アルフノーヴァさんが思わず呟く。

私とシンクが光りだし、その光がグリップさんを包むとみるみるボロボロだった体が健康的な姿に戻っていく。

光が落ち着くと、そこには元気な頃のグリップさんの姿があった。

【ミヅキ、大丈夫か？】

【うん、全然平気だよ！　シンクは？】

【僕も大丈夫。魔力はミヅキのだもん！】

「グリップさんも大丈夫そうだね」

グリップさんの顔色をみて回復した様子に安心する。

「ミヅキさんはまるで聖女のようですね」

アルフノーヴァさんが慈愛に満ちた目で見つめていた。

「聖女⁉」

驚いてアルフノーヴァさんを見つめるとブンブンと首を振る。

「断固拒否します！」

「えっ？」

「ヤダヤダ聖女なんて！　そんなもんになったら……」

色々とやらされそうだと想像してブルっと震える。

「グリップさんはもう大丈夫だよね！」

「そ、そうですね」

「じゃ、あとはアルフノーヴァさん、よろしくお願いします。騙されたにしろ自分でしたにしろ、処分はそちらに任せますんで！」

私は変な事を言い出されないうちにサッサと帰ることにした。

「グリップさんに会っていかないんですか？」

「うん、いいです。もし何にも覚えてなかったら、私を攻撃した事は言わなくていいですよ」

「いいのですか？」

アルフノーヴァさんが困った顔をする。

「その代わり全部覚えていて攻撃したのなら教えて下さい。また魔法で返り討ちにしてあげますから！」

「じゃ！」

手を上げると私はシルバ達を連れて部屋を出て行った。

「あっ！」

そして大事な事を伝え忘れたことに気が付きまた戻ると、アルフノーヴァさんが驚いた顔でこちらを見ている。

「アルフノーヴァさん、あとでコジローさんの里で手に入れた食材でご飯を作りますから食べに来て下さいね！」

「ありがとう……ございます」

アルフノーヴァさんが唖然としながらもお礼を言ってきたので、手を振り今度こそ帰っていった。

「ふふふ、グリップさんの理由より食事の方が必死な顔ですね」

アルフノーヴァは私の顔を思い出し思わず笑ってしまっていた。

◆

前とは違う気分の良い感じに、目が覚めると今までのだるさや体の痛みが嘘のようになくなっていた。

「ここは？」

ベッドから起き上がり周りを確認する。

「おはようございます」

するとまたアルフノーヴァ様がこちらを見つめていた。

「アルフノーヴァ様、ここは？　私はいったい……」

最近の事が上手く思い出せずに質問ばかりしてしまう。

そんな俺にアルフノーヴァ様は今までの事を説明して下さった。

「黒い魔石？」

そんな物が自分の体に？

胸を触るが何処にもそんな形跡《けいせき》はなかった。

「何か記憶がなくなる前に覚えている事はありますか？」

スッキリとした頭でもう一度記憶を呼び起こす。

「あなたはおかしくなる前、よく魔法の訓練を一人でしていたそうですよ」

「そうだ俺は、もっと魔法の威力を高めたくて魔力をあげたくて……それでどうした？」

ズキンと頭が痛み出した。その瞬間、自分に微笑む女の子の姿が見えた。

あれは？

そういえば何故自分は無事なんだ。そんな魔石が体に入り込んで無傷なんてありえない。

「俺は何故無事なのでしょう？」

「それは……」

アルフノーヴァ様が言葉を止める。

「アルフノーヴァ様が治して下さったのですか？」

「いえ私ではありません。そうですね、あれは聖女様でしょうか？」

「聖女？」

その言葉を聞いて手を掴んで寝ていた女の子を思い出す。

「黒髪の……？」

俺の言葉にアルフノーヴァ様が反応した。

「黒髪の？」

「自分が森で魔法の訓練をしている時に黒髪の子供に会ったような」

駄目だ。顔が思い出せない、しかもその顔が聖女様とかぶる。

そんなことはありえないと頭をブンブンと振る。

「ゆっくり思い出していきましょう。しかしあなたは操られていたとはいえ人を傷つけようとしました。しばらくはここで監視させていただきますよ」

「はい」

俺は強い眼差しでしっかりと頷いた。

八　挨拶まわり

私はグリップさんの様子を見た帰り道、王宮を出る前に厨房《ちゅうぼう》に寄らせて貰った。

「こんにちは～」

扉を開くと近くにいた料理人達が私に気がついた。

「ミヅキさん！」

「えっ？　ミヅキさん？」

ジェフさんが頭を上げると目があった。

「ジェフさんお久しぶりです」

「ミヅキさんお久しぶりです！　急に王都を発たれるから心配してました」

ジェフさんがいそいそと周りに指示を出して私の側に来る。

「ミヅキさん、ここに来たということはまた何かいい料理を思いついたんですか？」

エネクルさんが苦笑しながら寄ってきた。

「それなら、また教えて欲しいなぁ～」

ルドルフさんも近づいてくる。

「ふふふ……いい物が手に入りまして」

私はニヤリと笑う。

「なんか、悪い顔になってるぞ」

少しふざけたらルドルフさんが呆れている。

「冗談はさておき、これなんだけどね」

私は里から持ってきたムサシさんの醤油《しょうゆ》と味噌《みそ》を出した。

「イースト国の方にある霧の里で作ってる食材なんですけど、醤油《しょうゆ》と味噌《みそ》って言います。まだたくさんはないので少しですけど、おすそ分けに」

恭しく差し出すとジェフさんが蓋を開けて指に少し取って舐めてみる。

「ん？　しょっぱいですね」

どう使うのかと興味津々のようだ。

「キュウリとかありますか？」

私が周りを見ると側にいた人がキュウリを持ってきてくれる。

細く切って少し味噌《みそ》を付けてジェフさんに渡した。

「あんまりないから少しだけ」

「コレは……」

ボリボリと味噌《みそ》付きのキュウリを食べる。

「野菜がいくらでも食べられそうだ。止まらん！」

ジェフさんがまた味噌《みそ》をつけようとするので慌てて止めた。

「ちょ、ちょっと！　なくなっちゃいますよ！」

味噌《みそ》の壺に蓋をした。

「あとは、味噌《みそ》を汁に溶いて味噌汁を作ったり、魚と煮て味噌《みそ》煮にしたり、でもいろいろな料理に使うには少し量が足りないから、もし興味あれば霧の里にご一報下さい。これからアラン隊長達にも食べさせるから、その時良かったらみんなも来てね！」

私は伝えたいことだけ伝える。

「興味深い食材ですね！」

「ミヅキさんの料理次第ではまた騒ぎになるぞ」

「とりあえず行きたい者は？」

「「「「はい！」」」」

厨房《ちゅうぼう》にいた人達みんなが手を上げた。

「だよな……」

「ここは恨みっこなしのじゃんけんで勝負だ！」

この日、厨房《ちゅうぼう》からはじゃんけんの声と歓喜の雄叫びが響いていた。

◆

私はその後、練習場に寄ると端で雑談している隊長達に手を振った。

「アラン隊長〜、ミシェル隊長〜！」

「おっミヅキ！　用事は終わったのか？」

「ミヅキちゃんお疲れ様〜」

二人が近づいて来ようとするので大声で要件を伝える。

「今日リュカ達の所でご飯作るから練習終わったら来てね。カイト隊長達にも伝えておいて下さい」

じゃあね〜！　と手を振る。

「なんだ、寄ってかないのか？」

「ミヅキちゃん、練習して行かないの？」

二人が来いよと手招いてくる。

「また今度ね！　今日は作ったりしなきゃいけないし、他にも寄るとこあるから」

行きたい気持ちを抑えて手を振る。

「遊んできゃいいのに。じゃ、フェンリル達だけでもどうだ？」

アラン隊長の言葉にシルバの耳がピクっと立った。

【シルバ、いいよ、料理出来るまでここにいなよ！】

【しかし】

【私が見てるから大丈夫だ。シルバは少し動いた方がいいんじゃないか？】

プルシアにお腹周りを見られてそう言われる。

【なら、少しだけ】

シルバは尻尾を振ってアラン隊長達の元に向かった。

「おっ、やる気だな！　相手をよろしく頼む！」

アラン隊長は嬉しそうにシルバと練習場に向かっていった。

「じゃ、次はドラゴン亭だね～」

王宮を出るとプルシア、シンク、コハクと共にドラゴン亭に向かった。

カランッ！　とお店の扉を開ける。

「いらっしゃいま……せ……」

すると笑顔で迎えてくれたイチカがみるみる涙をためて表情を崩した。

「ミヅキさまー！」

涙を流しながら私に突進してきた。

「なに、ミヅキ？」

厨房《ちゅうぼう》からはポルクスさんとゴウ、シカが飛び出してきてフロアにいた他の子達も駆けてくる。

「ミヅキさまだー」

「本物？」

「変わってない」

みんなは私を見て様々な感想を述べる。

「みんなーただいまーって言っても、そんなに経ってないじゃん」

みんなの反応に苦笑する。

「ほら、お客さんが待ってるよ。話はお店が終わったらね。リュカ達の所で待ってるから」

「「「はい！」」」

「みんな、急いで仕事終わらせるわよ！」

イチカの言葉にみんながやる気を漲らせる。私は邪魔をしないようにと、そおっと店を出ていった。

◆

私は続いてマルコさんの元に向かった。

リングス商会の前につくと確認して中へと入る。

「すみませ～ん。マルコさんはいますか？」

受付のお姉さんに声をかけた。

「お嬢ちゃん、会長に御用？」

お姉さんが優しい笑顔で話しかけてくれる。

「マルコさんの知り合いなんです。ミヅキって言ってもらえればわかると思います」

「えっ！　ミヅキ……様？」

名前を聞くと態度がかわった。

「失礼致しました！　こちらにどうぞ！」

すぐに奥に通される。

「先程は失礼致しました……」

受付のお姉さんが深々と頭を下げてお茶を持ってきてくれる。

「全然失礼じゃなかったですよ。むしろ、今の感じよりさっきの方がいいです」

「えっ？　しかし、あのリバーシを開発なさったミヅキ様ですよね？　ドラゴン亭の料理も考えたという」

間違っていないけど……

「そんな方を幼児扱いするなんて、私には出来ません。申し訳ございません！」

お姉さんが再度深く頭を下げた。

うん、もう諦めよう！

なんか色々とめんどくさくなってきた。

「いえ、いいんです。じゃマルコさんをお願いします」

私はハハハと力なく笑うとお茶を飲んで天井を見つめた。

みんなにもお菓子やジュースを出されて、まったりと待っているとマルコさんが急いだ様子で飛び込んできた。

「ミヅキさん！　お待たせしました」

「マルコさんお世話になってます。みんなは元気ですか？」

「ええ、エリー達も里のみんなも元気ですよ。リバーシの販売も順調ですし、お米も一度収穫しましたよ！」

「えっ、早いですね！」

「そうなんです。みるみる育っていってミヅキさんの書いてくれた〝マニュアル〟を見ながらどうにか収穫出来ました！」

「それは凄い、楽しみだなぁ！」

お米が手に入るなんて、それだけでも王都に来たかいがあるな！

「それで、またしばらく滞在出来るんですか？」

「いえまた直ぐに発ちます。その前にみんなに挨拶と新しい食材をお披露目《ひろめ》しておこうと思いまして」

「それは、楽しみです」

マルコさんの表情が引き締まる。

私は収納から醤油《しょうゆ》と味噌《みそ》を取り出してマルコさんに見せた。

「これが醤油《しょうゆ》でこれが、味噌《みそ》です。味と料理法は、今日リュカ達の所で作ろうと思ってますので……」

「是非食べに行かせて下さい」

マルコさんが食い気味に答える。

「ええ、待ってますね！」

ちゃんと言いたいことが伝わっていたようでニッコリと微笑んだ。

「それで、その食材はどうやったら手に入りますか？」

「それがちょっと遠いんですよね。イースト国の方にあるんですよ。定期便みたいのがあればいいんですけどね」

「定期便とはなんですか？」

マルコさんが聞きなれない言葉に首を傾げた。

「えっと、定期的に決まった場所と場所を行き来して荷物とか手紙とかを運んだりすることです。あとは、バスみたいに人を運んだり出来ると楽ですよね～」

「なるほど、毎回同じルートで、日を決めて通るんですね」

「そうですね～、方向が同じなら乗り合わせれば料金も安く出来そうですね！」

「やはり、あなたは凄い」

マルコさんが私の手をとった。

「あなたのこの小さな体にどれだけの知識が詰まっているのでしょう」

「マルコさん大丈夫？　目が怖いよ」

私は思わず顔がひきつった。

「おっといけませんね！　ミヅキさんを独り占めしたなんてバレると厄介な事になりそうです」

パッと手を離して笑顔を見せた。

「また食事のあとにでもゆっくりと話を聞かせて下さい」

「はい！　レアルさん達と一緒に詳しく説明しますから」

マルコさんに軽く挨拶をして商会を後にした。

◆

「あれが噂のミヅキ様ですか？」

新人の受付嬢が先輩受付嬢に話しかける。

「そうよ！　あんなに可愛い子供なのに、頭に詰まってるものはマルコ様でも敵わないそうよ」

「凄いですね。でも偉そうにするわけでもないので、わかりませんでした」

先程の態度を思い出ししゅんとする。

「大丈夫よ。ミヅキちゃんはそんな事気にしないから」

「ミヅキちゃん？　その呼び方は失礼では？」

「様って呼ばれるのは好きじゃないそうよ。それに、ちゃんの方が可愛いじゃない！」

先輩の言葉に妙に納得してしまう。

「あー楽しみだわー！　ミヅキちゃんが帰ってきたって事は、今日はミヅキちゃんの料理が食べられるわけね！」

「えっ、ミヅキ様……さんが料理を作るんですか？」

「そうよ！　ドラゴン亭の料理を考えたのは知ってるでしょ？」

「はい。でもそれって、考えただけで作ったわけじゃ……」

「全部一度ミヅキちゃんが作って、それを商品化したのよ。それにミヅキちゃんは常に新しい料理を考えて作ってるわ」

先輩の目がキランと光る！

「今回はなんだか新しいデザートがある気がするのよねぇ」

いつも笑顔で優しい先輩がふふふと不敵に笑っている。

「せ、先輩？」

「悪いけど！　行けるのはじゃんけんで勝った者だけよ！」

先輩が拳を握る。

「コレは誰にも負けられないわ！」

先輩が、真剣な顔をしているといつの間にか周りに人が集まっていた。

「俺だって負ける気はありません」

「私もです！　こればっかりは上司も部下も関係ないですよね！」

「「勿論！」」

いつもは落ち着いた雰囲気の商会がギラギラと殺気立つ。

「あなたも一度行けばわかるわ」

商会の人達は、ひとまず業務を片付けるべく仕事に励むことにした。

◆

私は市場で色々食材を買い込んでリュカ達の元へと向かった。

細い道を抜け、何度も通った道を進むと私が造った建物が見えてきた。

「そんなに日がたってないのに久しぶりに感じる」

建物の所に見慣れた人影が見えた。

「あっ、デボットさーん！」

デボットさんの後ろ姿に気が付き駆け寄った。

「おー、ミヅキの夢を見るなんていい日だな」

デボットさんは夢だと勘違いして微笑んでいる。

ドンッ！

私はそんなデボットさんに体当たりした。

「えっ？　ミヅキ、本物？」

ペタペタと顔を触ってくる。

「何寝ぼけてんの？　偽物なんていないでしょ！」

デボットさんはまだ信じられないのか私の頭を撫でたりしている。

「どうしたんだ？　セバスさんやベイカーさんは？　シルバもいないし、戻ってくるには早過ぎないか？」

私の周りにベイカーさん達がいないことを疑問に思っている。

どうやらベイカーさん達が私のところに向かったことを知っていたようだ。

「デボットさんは聞いていたんだ」

「まぁ一応な。レアルさんも知ってるぞ、もう用はすんだのか？」

「うん、バッチリ！」

親指を立ててウインクする。

「やっぱり、直ぐに向かったんだな。ミヅキならそうなると思ったが、大丈夫だったのか？」

「デボットさんみたくちゃんと治したよ！　もう大丈夫でしょ」

「ミヅキがそうしたいなら、なんにも言わないよ」

デボットさんが苦笑する。

「みんな喜ぶぞ、顔を見せてやって来いよ！」

「うん！」

私が先に駆け出すと、デボットさんはゆっくりと歩きながら嬉しそうに後を追ってきた。

「リュカ～、テオ～、みんな～！」

リバーシ作りの作業中のみんなに大声で呼びかけた。

「ミヅキ！」

「あっミヅキだ！」

「えっミヅキ様？」

リュカ達が私の声に立ち上がると、後ろを向いていたギースさん達も体を反転させる。

「みんな働いてて偉いねぇ～」

近づく私に仕事を放り出しリュカ達が群がった。

「結構人が増えたね！」

リバーシを作っている人達が、手を動かしながらチラチラと私を見つめている。

「全然人が足りなくてな、あれから何度かに分けて人を追加したんだ。まずかったか？」

ギースさんが確認するように聞いてくる。

「みんながそう判断したんでしょ？　それでいいんだよ。何か問題ができたら言ってくればいいから」

「相変わらず頼もしいな、頼りにしてるぞ」

ギースさんが嬉しそうに笑う。

「えっ……ギースさんが笑ってる」

私達が話しているとザワザワと周りが騒ぎ出してしまった。

これでは仕事にならなそうだった。

「ここだとなんだ、あっちに行くか」

アンディさんが娯楽室《ごらくしつ》を指差す。

「じゃ僕、レアルさん達を呼んでくるよ！　ミヅキ達は先に行ってて」

テオが声をかけると駆け出していった。

「ギースもう今日はいいんじゃないか？」

ビリーさんが周りの集中力が切れてしまったようだとギースさんに報告する。

「今作業している者はそれで最後にして、今日は終了にしてくれ！　給料はちゃんと一日分支払うから記帳《きちょう》しとけよ」

ギースさんが作業員達に声をかけた。

「やったー！」

「まじですか！」

すると嬉しそうな声が響く。

「いいの、ギースさん？　なんか邪魔しちゃったみたいでごめんね」

「ミヅキが折角帰ってきたのに、作業なんてみんな集中出来ないだろ。さすがのレアルさんでもな」

ニヤリと笑う。

「えー、レアルさんならちゃんと働くんじゃない？」

「あの人は働き過ぎだから丁度いいんだよ」

「それもそうだね！」

私達はゾロゾロと娯楽室《ごらくしつ》に向かうが、ギースさんは一人従業員達の元に向かった。

「じゃここからは自由時間だ、俺達は娯楽室《ごらくしつ》にいるから何かあったら言ってくれ」

言うだけ言って戻ろうとすると、従業員の一人がおずおずと声をかけてきた。

「すみませんギースさん、さっき来た子って……？」

「ああ、俺達が世話になった子だ。気にするな」

ギースさんはそれだけ言うと娯楽室《ごらくしつ》に向かってしまった。

◆

ギースが行ってしまうが気になって仕方なかった。

「あれが噂の子なんじゃないか？」

「ここを造ったって人か？　子供だったぞ」

「でも、ギースさん達や他の人達のあの反応、普通じゃないだろ？」

従業員達があーだこーだと噂している。

「あの子だよ……」

すると一人の男が喋りだした。

「ファングさん？」

「俺はあの子を面接で見た。あの子のおかげで俺達はここで働かせて貰えてるんだよ」

ファングと呼ばれた男が、みんなに囲まれていくミヅキの姿をじぃーっと見つめる。

「いつか、お礼が言えるといいな」

「なんですか？」

ファングの呟きに耳を向ける。

「なんでもない、さぁ、折角もらった休みだ。楽しもう！」

「そうだな！　誰かリバーシやろうぜ」

「相手になるぞ！」

「あっ！　俺もやりたい」

従業員達はワラワラと住居に戻っていった。

◆

「それにしても来るならこっそり来てくれよ。折角ミヅキの事を秘密にしてるのに」

ギースさんが私の突然の行動に呆れていた。

「なんで秘密なの？」

「レアルさん達とも話し合って、これだけ注目される場所になっちまったからな。ミヅキに変な危害が及ばないように、お前の存在は秘密にしてあるんだ」

「それいいね！　じゃ、私はデボットさんの妹って事にでもしとこうか？」

「えっ！　俺の？」

デボットさんが慌てている。

「だってここで一番長い付き合いのはデボットさんでしょ？　それとも私が妹なんて……嫌？」

デボットさんの顔を下から見つめた。

「いや！　はぁ……わかったよ」

「やった！」

なんか悶えて耐えて諦めた感じがしたけど、結果オーライだ！

「じゃ、ギースさん達もそういう事でよろしく」

「お前、結構酷いやつだよな」

ギースさんは何故か慰めるようにデボットさんの肩に手を置いた。

その後、みんなに私が去ってからの事を聞いていると「バタン！」と突然扉が勢いよく開いた。

「ミヅキ！」

扉にはレアルさんが驚いた形相で立っている。そして私に気がつくとカツカツと近づきガバッと抱き上げた。

「レアルさん？」

レアルさんらしくない行動に唖然とする。

「よかった……元気そうですね」

ホッとするように言葉を吐き出した。

「うん、ただいま。みんなも元気そうだね、ここも順調そうだしありがとう」

レアルさんの泣きそうな顔にそっと両手を添える。

「レアルさん達なら出来ると思ってたけどね！」

ニカッと笑うとレアルさんも笑顔を返してくれる。

「「「「ミヅキ様～！」」」」

遅れて今度はハル達が駆け込んできた。

「ハル！　ラン！　カレン！　みんな～」

レアルさんに降ろして貰うとみんなに抱きついた。

「ミヅキ様、寂しかった」

可愛い女の子達の瞳がうるうるとしている。

「うっごめんね……」

私は泣いているハルの頭を撫でた。

「お詫びに今日は美味しいもの作るからね」

「そんなのいいです。だからちょくちょく帰ってきて下さい！」

「あっ、はい……」

「でも料理も楽しみです。テリーさんの料理も美味しいけどミヅキ様の料理はまた別格ですから」

「酷いなライラ、ミヅキと比べるなよ。俺の料理の師匠《ししょう》だぞ」

「テリーさんの腕がどんだけ上がったのかチェックしないとなぁ～、勿論手伝ってくれるよね？」

「当たり前だろ」

「私達も手伝いたいです！」

「「私も！」」

「なら俺も！」

「「俺達だって！」」

「そんなにみんな来なくても平気だよ？」

みんなが来たら厨房《ちゅうぼう》がぎゅうぎゅうになりそうだと苦笑する。

「みんなミヅキの側にいたいんだよ。察してやれ」

「そうなの？」

ギースさんの言葉にみんなを見るとコクコクと勢いよく頷く。

「まだ料理作るのには早いから、少し一緒に遊ぼっか？」

私のお誘いに子供達は嬉しそうに喜んでいた。

◆

外の遊具で楽しそうに遊んでいる子供達を見ながら、大人組は木陰《こかげ》でその様子を眺めていた。

「やっぱりああしてると普通の子供だな」

デボットの呟きに皆が頷く。

「喋ってると何者だ！　って思うんだけど、さすがに慣れたな」

「アハハ」と賑やかな笑い声が響く。

「さっきから何を描いてるんだ？」

アンディーが子供達を見ながら熱心に筆を動かしているのをボブが覗いた。

「おい、これ！」

ボブの大きな声にみんなが近づくと、アンディーはミヅキ達が楽しそうに遊ぶ絵を描いていた。

「アンディー、それくれないか？」

デボットがアンディーに絵が欲しいと頼んだ。

「俺も欲しい、いくらで売ってくれる？」

「汚いぞテリー！　金でいいなら俺だって出すぞ！」

ギースも参戦してくる。

「ここは平和的にリバーシ勝負がいいんじゃないか？」

ビリーがしれっと冷静に言う。

「それならお前が有利だろうが！」

「あっいいですね！　そうしましょう」

レアルも同意してきた。

「えっレアルさんも欲しいんですか？」

「えっいけませんか？　別に譲ってくれてもかまいませんよ」

ニッコリと笑いかける。

「それは狡い！　ここは平等にじゃんけんだ！」

◆

大人組がなんだか盛り上がっている。

「何してるの？」

私もアンディーさんの絵を覗き込んだ。

「わぁ！　凄いアンディーさん上手～！　これ欲しいなぁ！」

私は絵をキラキラした目で見つめていた。

「ほらよ」

アンディーさんが描きあげたばかりの絵を私に渡す。

「えっくれるの？　ありがとうアンディーさん！」

感謝を込めてアンディーさんを抱きしめると、絵を持ってみんなに見せようと子供達の元に向かった。

◆

「アンディー？」

「アンディーさん？」

「お前……」

みんながジロっとアンディーを睨んでいる。

「みんなにも描くから！」

アンディーが気まずそうに目をそらした。

「ありがとうございます。さすがアンディーさんですね。無理せずゆっくりでいいですからね」

レアルがアンディーの肩をトントンと叩いた。

デボットはそんなレアルの肩を掴むと真剣な顔を向ける。

「レアル……じゃんけんだ」

みんなも無言で頷いた。

「「「「「じゃんけん、ポン！」」」」」

大人組はまたまた盛り上がり、じゃんけん大会が始まってしまった。

「アンディーさーん！」

あと少しで優勝者が決まるところに子供達がゾロゾロと近づいて来た。

その様子に大人組は嫌な予感がした。

◆

「ミヅキ様にあげた絵、私達も欲しいです！」

「俺達もー！　アンディーさん頼むよー！」

「やっぱり……」

何故か大人達がガックリと肩を落とした。

でも、子供達はそんなこと気にしない！

「俺は料理を食べている絵がいいなぁ！」

「なら俺はリバーシしてる所がいい！」

「ミヅキと二人の絵でもいい？」

テオがニッコリと私を見てそんなことを頼んだ。

「勿論、アンディーさんが大丈夫ならね！」

子供達が次々にアンディーさんに頼んでいる。

「その手があったか」

「私達の手に入るのは、大分先になりそうですね」

じゃんけんをしていた手を力なく降ろし、大人達は楽しそうな子供達を見つめる。

「まぁ、久しぶりに子供達の笑顔が見られたんだ。ここは我慢しよう」

「そう、ですね」

レアルさんが仕方なさそうに笑うと、みんなもどこか嬉しそうに微笑んでいた。

「良いものを貰ったね」

「これがあればミヅキ様といつもいつも一緒にいられるみたいです！」

「そうだね！」

「出来るのが楽しみです！」

アンディーさんが子供達に囲まれてもみくちゃにされている。

「じゃ次はリバーシしようぜ！」

早速絵を頼んだリュカがリバーシセットを持ってきた。

「ミヅキ！　勝負だ！」

「狡いです。私もやりたい！」

「僕も～」

子供達が順番を争って喧嘩をはじめてしまった。

「じゃあ誰が一番強いの？　その子と打ってあげる」

「この中じゃテオかな？」

みんな残念そうな顔をしてテオを見つめた。

「よし、テオ勝負だよ！」

「はい、もし勝ったら、なんかお願いしてもいいですか？」

「お願い？　ご褒美だね。いいよー！」

私は何かも聞かずに二つ返事で答えた。

テーブルを作るとリバーシを置いていざ勝負、他の子達も大人組も周りを囲み観戦する。

「じゃ、じゃんけんね～」

私が手を出すとが「僕、黒がいいです」

テオが黒を希望した。

「いいよー、じゃテオから打って」

「はい」

私とテオのリバーシ勝負が始まった。

「はい！　おしまい！」

「はぁ、まだ無理か」

テオがガクッと項垂れる。リバーシ勝負は私に軍配が上がった。

「ミヅキ様凄い！　テオが相手にならないね」

「でもテオ強くなってたね。ちょっとびっくりしたよ」

「レアルさんにたまに相手してもらってるんだ」

テオが褒められて頬を赤く染め嬉しそうに答えた。

「じゃ次は私とやりますか？」

レアルさんが私に笑いかける。

「ふふふ、いいでしょう！　弟子の敵討ちですね！」

私は挑発するようにちょいちょいと手招きする。

レアルさんは冷静にテオのいた席に座った。

「では私も、勝ったらご褒美頂けますか？」

「えーレアルさんも？　まぁあげられる物だったらいいけど」

まだ、勝てるよね？

ちょっと不安になる。

「では、私も黒石で」

「レアルさんも？　みんな黒石が好きだね」

私が何気なく聞いた。

「ミヅキさんの色ですからね」

「へっ？」

「ミヅキの髪と瞳と同じ色です。だからここでは黒が人気なんですよ」

「へ、へーそうなんだ……」

ニッコリと笑うと優しそうな顔で見られた。

「レアルさん、動揺させて勝つ作戦ですね！　騙されませんよ！」

「ふふふ、バレましたか？」

「くっそー、効果は抜群だ！」

私の誤魔化せない真っ赤な顔にレアルさんは楽しそうに笑っていた。

レアルさんと石を打つ中、リュカがテオに話しかけた。

「あれって本当の事だよな？」

「そうだね」

「なんでレアルさん嘘だって言ったんだ？」

「さぁ？」

テオがわからないと肩をあげる。

「あの顔が見られたから満足なんじゃない？」

テオが真剣にリバーシを打つ私を見つめる。

「確かに可愛かったな」

「「「わかる」」」

外野が何やら盛り上がっているが勝負にも動きがあった。

「うおっ！」

すぐ後ろにリク、カイ、コウがいて頷いている。

「さすがレアルさんだよな」

「レアルさんの楽しそうな顔久しぶりだぜ」

「いつも笑ってるけど、最近少し元気なかったもんな」

終始楽しそうに打っているレアルさんに私はイタズラを仕掛けた。

やられたらやり返してやる！

「レアルさん、私が行ってから何か変わった事はなかった？　困った事とか？」

ニッコリと笑いかける。

「そうですね。ミヅキに会えなくて困りました」

「えっ？　なんか用事がありました？」

なんかあっただろうかと私は顔をあげた。

「いいえ、ただ会いたかっただけです」

「ぐっう……」

顔に力を入れるがポン！　っと顔が赤く染まる。

「なんなのレアルさんさっきから！」

「何って本心ですよ。ミヅキは私の大事な主人ですからね」

「まったく……そうまでして勝ちたいかね」

ボソッと呟くと気合を入れた。

「よし、ここからだよ！」

カン！　と音を立てて石を置いた。

「ふー、どうにか勝てた」

僅差で私の勝利、額の汗を拭った。

「次は危なそうだなぁ」

石を片付けながら攻められた場所を見る。

「そうですね、次こそは負けませんよ」

レアルさんは負けて、悔しそうというよりも嬉しそうにしていた。

「やっぱりレアルさんは凄いね。こんなにすぐ強くなっちゃうなんて」

「勝てたから、嬉しそうですね」

レアルさんに言われて顔をあげる。

「もちろん勝ったことも嬉しいですけど、それよりも、こうやってレアルさんと遊べる事の方が嬉しいよ」

頬を少し染め、本当の気持ちを伝えて笑いかけた。

「やはり……勝てませんね」

レアルさんは顔を隠すように手で覆うと下を向いた。

なかなか顔を上げないレアルさんにデボットさんが近づき声をかける。

「大丈夫か？」

苦笑して肩を叩いた。

「最後に爆弾を落とされた気分です」

ようやく落ち着いてレアルさんが嬉しそうに顔をあげる。

「まだ隠しきれないくらい顔に出てるぞ」

デボットさんに言われて顔を触った。

「勝ったら何を頼むつもりだったんだ？」

「それはもちろん、一緒に行きたいと……無理ですかね？」

「どうかな、人も増えたし結構使える奴もいるからな」

「あと少し、という所ですかね」

「ああ、早く仕上げて堂々とついてくぞ」

「もちろんです！」

デボットさんとレアルさんは改めて気合をいれた。

九　それぞれの思い

「じゃ、そろそろご飯の用意しよっか？」

「そうだな！」

私はテリーさんと貯蔵庫に行く。するとそこには麻袋《あさぶくろ》が十数個置かれていた。

「これ全部お米？」

「ああ、一回目の米だ。ミヅキが帰って来るまで食べるのを待ってたんだ」

「えーなんで！　食べていいって言ったのに」

「みんなで最初にここで作った米はミヅキと食べようって決めたんだ。別に米がなくてもパンがあるから問題ないよ」

「そっか〜、申し訳ないけどちょっと嬉しい。私もみんなと食べたい！」

「じゃ早速こいつを使うか？」

「うん！」

私は米を収納にしまった。

「あとはこれ置いていてくね。コジローさんの里の醬油《しょうゆ》と味噌《みそ》だよ。あと大豆を持ってきたから、畑で育てて欲しいんだ」

「わかった、そこら辺はデボットさんやビリーに言った方がいいな」

「そうだね、二人に後で言っておくよ」

他にも里で貰った野菜をいくつか置いていった。

「ここら辺の食材も今日作るから、味みてテリーさんが使ってね」

「また、色んなのがあるな」

「どれも調理次第で美味しいよ！」

「腕が鳴るな、じゃ早速教えてくれよ」

作ってみたくてうずうずしているテリーさんと共に、食材を持って地上へ上がっていった。

地上に上がると「ミヅキ、ちょっと大変な事になってるぞ」とデボットさんが血相を変えて飛んできた。

「えーどうしたの？」

「王宮から料理人達と部隊兵達に、ドラゴン亭のみんなとマルコさん達商会の人と、奥様やエリザベス様、ロレーヌ侯爵夫妻にカイル様。あと……国王とレオンハルト王子達が来てる」

「えっ？　なんか後半、呼んでないけど」

「いいから来いよ！　ミヅキがいないと収拾がつかないぞ」

「えー、これから料理を作るのに面倒だなぁ」

いやいやデボットさんに引きずられて行く。

「おっ来たな」

「ミヅキ、王宮に来て挨拶なしとはどういう事だ！」

真っ先に国王と王子が声をかけてきた。

「あれ？　二人ともその格好なに？」

国王と王子がそこら辺の庶民のような格好で来ている事にびっくりしてしまった。

「さすがにあれで来たらまずいと思ってな。この格好ならバレないだろ？」

国王がいい笑顔で自分の姿を見せた。

「でも、知ってる人達もいっぱいいますよ？」

「今日は無礼講《ぶれいこう》って事で扱うように言ってある」

「国王様がそれでいいならいいですけどね。でも、なんて呼べば？」

「ん？　そうだな、ギルと呼んでくれ」

「俺はレオンで！」

面倒な人達を相手にしていると疲れる。彼らは好きにさせておくことにした。

【ミヅキ、大丈夫だったか？】

シルバが私を見つけて駆けつけて来る。

【あっ、シルバー。楽しかった？】

シルバに抱きついた。

「随分違う対応だな……」

レオンハルト王子がボソッっと言うと、国王が隣で苦笑する。

「国王、ここにいたんですか？」

アラン隊長がシルバの後から現れた。

「アラン、今日はギルだって言っただろうが！」

「あっ……あれ、本気だったんですか？」

「ここには庶民もくる。いらぬ誤解をうまないようにな」

「そういう事なら」

ニヤっとアラン隊長が笑った。

「ギルさん達、邪魔ですからあっちの貴族席に移動してください」

「なっ！」

「ほら、ミヅキの料理の邪魔ですよ！」

アラン隊長が国王とレオンハルト王子を連れて行ってくれると、私を見てウインクする。

アラン隊長グッジョブ！　私はウインクして親指を立てた！

「ミヅキさん！」

「「ミヅキ～」」

今度はジェフさん達料理人とポルクスさんとゴウが声をかけてきた。

「あれ、みんな早くないですか。ポルクスさん、お店は？」

「今日は午後から臨時休業にしたよ、ミヅキの料理を手伝おうと思ってな！」

ゴウもうんうんと勢いよく頷いている。

「私達も仕事が終わった者達は手伝おうと思ってきました。まだ料理はこれからですよね？」

ジェフさん達料理人達もやる気満々のようだ。

「ありがとうございます。みんなが手伝ってくれれば直ぐに準備出来るね。思ったより人が集まっちゃったから助かります」

「じゃ、俺達は席の準備をしておくよ。ミヅキ、じゃあな」

デボットさんは、手をあげるとレアルさんの元に行ってしまった。

あっさりと去っていくデボットさんを見つめているとシルバが話しかけてきた。

【どうしたんだ、ミヅキ？】

【うん、なんかデボットさんがあんまり側にいてくれないんだよね】

【そうか？】

シルバがデボットさんを見るが、変わった様子はないと首を傾げる。

【気のせいかな？】

モヤモヤとしながらもみんなと料理の準備に取り掛かることにした。

厨房《ちゅうぼう》に立つと気分を切り替える。

「人数が多いから、醤油《しょうゆ》と味噌《みそ》を使い切っちゃうかなぁ」

ちょっと不安になりながら食材を出して確認していく。

「じゃポルクスさんとゴウはイモとタマネギとニンジンを切ってくれる？」

「了解、カレーみたいな大きさでいいか？」

「うん、それでいいよ！」

私は大鍋を出すとポルクスさんに渡した。

「ジェフさん達は山菜《さんさい》と里の野菜を切ってください。結構細かく切っちゃっていいです」

里で取ってきた野菜をみんなに渡した。

「私はお米を洗ってくるね」

キョロキョロと周りを見回し、デボットさんを探す。

「あっいた！　デボットさーん、手伝ってー」

私の呼びかけに近くにいた人達が反応した。

「ミヅキちゃん、俺が手伝おうか？」

「力仕事ならやるぞ！」

「ミヅキ様、私達も何かしましょうか？」

部隊兵やイチカ達が手伝おうとしてくれるが笑顔で断る。

「みんなありがとう。でも大丈夫、ゆっくり休んでてね。デボットさんが手伝うから」

「俺に拒否権はねぇのか！」

「ないね！　デボットさんは、まだ私の奴隷でしょ！」

「いつもはそんな事言わないクセに……」

「ほら、ブツブツ言ってないで行くよ！」

私はデボットさんを引っ張って川の方まで連れていった。

「デボットさん、みんなは大丈夫そうだった？」

「えっ？」

デボットさんがキョトンとした顔で私を見つめる。

私は茶化《ちゃか》さずに真剣な顔を返した。

「急にどうしたんだ？」

「私、黙って出てっちゃったでしょ、でもこうして帰って来たらみんな喜んでくれてて、なんか申し訳なくて……」

デボットさんは落ち込んだ私の姿に苦笑する。

「ミヅキの突拍子《とっぴょうし》のない行動なんて、みんな慣れたもんだ。まぁ、寂しかったのは確かだけどな。でもミヅキは、みんなに色々と残していってくれただろ？」

自分が一人一人に宛てた手紙を思い出し頷く。

「あれがあったから……いや、あれがなくても、色んな所にミヅキがみんなを思う気持ちが隠れてたよ。だからみんな頑張れた」

デボットさんが優しく笑い頭を撫でてくれた。

「ちゃんとミヅキの思いはあいつらに届いてるよ。だからこうやって、みんながミヅキが帰って来た事に喜んでるんだ」

「そっか……」

ホッとして笑う。

「でも、もうあんな出て行き方はやめてくれよ！」

デボットさんは真剣な顔で頼みこんできた。

「うん」

私は笑って頷いた。

「なら、デボットさんがあんまり側に来てくれないのはなんで？　構いすぎて嫌になっちゃった？」

一番聞きづらかった事を聞いてみた。

「それはない」

デボットさんがキッパリと否定してくれて少し安心する。

「ならなんで？」

「その、久しぶりで……」

デボットさんがボソッと答えるのでよく聞き取れない。

「え？」

「久しぶりに会えて嬉しくて！　顔が緩むのを抑えてたんだ！　言わせんな」

恥ずかしそうに顔を背けた。

「なんだ……」

私はホッとすると腰を落とした。

「ミヅキ、どうしたんだ！」

急に座り込んだ私にデボットさんが心配して駆け寄ってきた。私は離すまいとデボットさんの腕を掴む。

「デボットさんも、黙って何処にも行かないでね」

お願いとデボットさんを見つめた。

「ああ」

デボットさんは嬉しそうに微笑み、座り込んでいる私を抱き上げた。

「しかし、あんな事で腰を抜かすか？」

デボットさんは先程の憂いた様子などなくなり、クックッと可笑しそうに笑いながら私を運ぶ。

「うるさいな！　だってデボットさんの様子がおかしかったから心配で、なんでもなくてホッとしたんだよ！」

「そうか」

文句を言いながらもいつものデボットさんに戻ったことが嬉しくて、笑った顔を隠しながらも大人しく抱っこされていた。

「運んでくれてありがとう。デボットさん、私、料理作ってくるから楽しみにしててね」

「おー、久しぶりのミヅキの料理を期待してるぞ」

「任せて！」

洗った米を持ってテリーさん達の元に向かっていった。

デボットさんはレアルさんの手伝いに戻る事にした。

「あれ？　デボットさんどうしたんですか？」

レアルさんに顔を見られ、何か指摘されているようだ。

「なんだ？」

デボットさんが自分の顔を触っている。

「なんだか、機嫌が良さそうですね」

ニヤニヤとレアルさんが笑っている。

「ミヅキと何かありましたか？」

「いや、別に」

デボットさんが何も言わないのでレアルさんはフッと微笑んだ。

「ミヅキは悩んでいると、何故か欲しい言葉をくれますね」

「そうだな」

デボットさんは私にもらった神木の指輪を愛おしそうに撫でていた。

「お待たせー、お米を洗ってきたよ！」

デボットさんと洗った米をドンッと出す。

「ひとつは炊き込みご飯にして、もう一つは白米で炊くよ」

「炊き込みご飯は初めて聞きますね」

ジェフさん達が集まってきた。

「ご飯に味を付けて炊きあげるんだよ。渡した醤油《しょうゆ》を使うから、ジェフさん、切った具材を入れてください」

大鍋に米を入れて、そこにジェフさん達が切った具材を入れる。

「まずはいつもの水加減にしてから調味料を足すよ」

「これは？」

ジェフさんが、きのこが浸かっている汁を見る。

「これは、コジローさんの里で採ったきのこを乾燥させてみました。風魔法でインチキしちゃったけどね。本当は自然に干した方がいいんですよ、この戻り汁が、いい味を出すんです」

そう言うとドバッと米の中に入れる。そして、醤油《しょうゆ》と酒と塩で調節する。

「あとは軽く混ぜて、このまま炊けば完成です。白米も一緒に炊いちゃいましょう！」

お米の炊き加減はジェフさん達に任せる事にした。

「ポルクスさんとゴウは野菜を切れた？」

二人に渡した鍋を覗き込むと、大量の野菜が入っていた。

「沢山切ったね！　まぁ、いっぱい人がいるから余る事はないかな？」

「それでどうするんだ？　カレーみたいに炒めるのか？」

「そうだね、芋は水に少しさらして、よく炒めてから煮るよ。そうした方が煮崩れないからね」

でかいフライパンを出すと二人に渡した。

「こっちで肉と玉ねぎを炒めるからポルクスさんはイモを炒めて」

「ゴウは私が肉を切るからゴウが炒めてね」

「「わかった！」」

三人で大量の野菜を炒めると鍋に戻す。

「いっきに強火で煮るよ」

【シンク～！　お願い】

【はーい！　強めでいいんだね】

シンクが慣れたように強めの火を付けてくれる。

【さすがシンクだね、火加減が上手くなったよ】

【ミヅキとずっとやってるもん】

ゆらゆらと嬉しそうに火が揺れていた。

「野菜に火が通って柔らかくなったら調味料を入れていくからね」

料理の方は問題なさそうだ。私は暇そうにリバーシをしながら待っている人達の元に向かった。

「マルコさん、ここら辺で新鮮な卵って手に入りますか？」

マルコさんを見つけて聞いてみた。

「卵ですか？　市場に売っているものではなくて？」

「なるべく新鮮で美味しい卵が欲しいんですよね。新鮮なら生で食べられると思うので」

「生で……」

マルコさんが少しビビっている。

「なら、みんなで卵を狩りに行ってくるか？」

アラン隊長が話を聞いて、横から加わってきた。

「それいいね。じゃ、卵をとってきた人に特別メニューってことにしよう。だから、美味しい卵をとってきてくれると嬉しいな！」

私の提案に、料理の完成を待つだけで暇そうだった部隊兵達が立ち上がった。

「「「行ってきます！」」」

動機が怪しいが、やる気満々に駆け出していった。

『こっちも出発だー』

すると商人達も立ち上がると部隊兵達に続いた。

「レオン、俺達もいくか！」

「はい！　美味い卵をミヅキにプレゼントするぞ。シリウス、ユリウス行くぞ！」

「「はい」」

どうやら国王達も参戦するようだ……大丈夫か？

「私達はどうしよう……」

特別メニューは食べたいけど腕に自信がないシカ達が悩んでいる。

「行きましょう。ミヅキ様に卵をプレゼントしたいわ！」

イチカがスクッと立ち上がった。

「イチカ達はいいよ！」

私は慌てて止める。みんなが怪我でもしたら大変だ。

「いえミヅキ様、私にいいツテがあるんです。危険な事はありません」

イチカは自信ありげにみんなを連れて行ってしまった。

「えー大丈夫かな？　デボットさん、どう思う？」

「大丈夫だろ、最近イチカは食材の買い出しによく行くから、そこで何かいいもの見つけたんじゃないか？　市場の親父達に可愛がられているからな」

「へー！　そうなんだ」

「なんかミヅキの真似をしてるらしいぞ」

「へ？　私の真似？」

なんの事だ？

私がなにかしたかと思い出す。

「とりあえずニコニコ笑ってるって言ってたな」

「何それ!?」

私そんな事してる？

「可愛い女の子に笑顔で話しかけられたら、市場の親父どもなんかイチコロだろ。それでまけて貰ってるそうだ」

「イチカ……」

「まぁあ、いつも一生懸命なんだろ」

デボットさんがフォローしてきたが、そんなのいらない。

「イチカって凄い！　値切ったりまけてもらったりなんて、主婦の鑑だね。イチカがいればドラゴン亭は安泰《あんたい》だ」

「まぁ……そうだな」

デボットさんの顔がひきった。

「みんな本当にちゃんとやって行けそうだね。よかった」

「だから言っただろ」

デボットさんがふんと得意げに笑った。

「そうだけど、やっぱり少し心配だったもん」

「それなら……」

「あと少し様子見れば大丈夫そうだね」

デボットさんはなにか言おうとしたがゴクッと呑み込み、何故かガックリと肩を落とした。

十　調査隊

里を勢いよく駆け出した部隊兵達は、森の中をどんどんと進んでいた。

「アラン隊長、何を捕まえに行くんですか？」

前を歩く俺に部下が声をかけてくる。

「ヒポグリフを狙う」

俺はニヤッと笑った。

ミヅキから卵と聞いて、まっさきにこいつが思い浮かんだ。

「ヒポグリフ！　あんな怪鳥の卵なんて美味いんですか？」

部隊兵達が戸惑っているが無理もない。

ヒポグリフは鳥というには凶暴《きょうぼう》で、体長も俺達をゆうに超えてる。

「昔に美味いと聞いた。仕留めるのが難しいが、それをミヅキがどう料理するのかと思うと……やべぇ、ヨダレが出てくる」

部隊兵達もごくんと唾を飲み込む。

「行くか？」

俺は再度兵達に声をかけた。

「そうですね。美味かったらミヅキちゃんも喜ぶだろうし……」

「よし！　いっちょやってみっか！」

部隊兵達がやる気を見せる。

すると前で不穏な気配を感じ、みんなを停止させサッと物陰に隠れた。

部隊兵達は物音一つさせずに停止する。俺はお目当ての物を見つけて口がニヤけた。

グッと堪えて気を引き締めるとみんなに指で合図を送る。

俺の指示に皆が素早く配置につく、それを確認して一斉攻撃を開始した。

「いけ！」

部隊兵達が走り出すとヒポグリフが異変に気が付き空に逃げようと羽ばたく。

「羽を押さえろ！　飛ばせんな！」

俺の怒号《どごう》に部隊兵達が素早く紐を投げ、羽を縛り上げる。

「生きて捕まえておけ！　卵がなかったら産ませないとな」

「隊長～、無理っすよ！　凄い力です。このままだと逃げられます！」

五人がかりで押さえつけているが、ヒポグリフは凄い力で暴れている。

「土魔法を使える奴はいるか、周りを固めろ！」

言われた通りに土魔法を出すが、ヒポグリフの足蹴りに壊される。

「駄目です！　レベルが足りない！　砕かれます！」

ヒポグリフを覆う土は、ヒポグリフが暴れる度にバラバラに砕かれていた。

「クソ！　殺す事は出来るが、生きて捕まえるのは大変だな」

俺は仕方ないと剣をしまった。

「一瞬でいいからしっかりと抑えてろ！」

部隊兵達は顔を見合わせ、タイミングを合わせると紐を掴む手に力を込める。

俺は一瞬動きが止まったヒポグリフの首元に手刀を入れた。

「グキャッ！」

ヒポグリフは悲鳴をあげると舌を出して倒れ込んだ。

「今のうちにしっかりと縛っとけ、そしたら周りを探して卵を見つけるぞ！」

『はい！』

部隊兵達が周りを探索に散らばった。

「ふふふ、これでうまい飯は俺達のものだ」

不気味な笑い声が森に響いていた。

◆

その頃商人達は部隊兵達とは違う方向に向かっていた。

「マルコ会長、何処に向かうんですか？」

大した装備も持たずにどんどんと進んでいく私に従業員達が話しかける。

「岩山に向かっています」

「えっ……ってことは」

「目指すはロックバードです！　あの卵は高値で取り引きされます。きっとミヅキさんのお眼鏡にかなうでしょう」

私は不敵に笑った。

ミヅキさんが作るものはいつも素晴らしい、それが材料もいい物ならどんなものになるのかと今から楽しみで仕方なかった。

「し、しかし、あの鳥から卵を奪えますか？　私達は誰も戦えませんよ」

従業員達が心配そうに顔を曇らせる。

「大丈夫です。ロックバードの卵は特殊な捕まえ方をするんですよ」

私は勝算があるかのように自信に溢れていた。

従業員達は不安な顔をしながらも大人しくついてくる。

しばらく登ると大きな岩山が見えてきた。

「あそこですね。では皆さん聴いていて下さい」

「聴く？」

ポカンとする従業員を無視して私は立ち上がり、息を大きく吸い込み歌を歌い出した！

大きな声が岩山に響くとロックバードが、こちらに気づき暴れだした。

「マ、マルコさん！　なんか怒ってますけど、大丈夫ですか？」

従業員達は隠れながら遠巻きに見ている。

「おかしいな？　ロックバードは綺麗な歌声に弱いはず。そしてその曲を気に入ると眠るはずなのに」

「「「「えっー！」」」」

従業員達は驚きの声をあげた。

「旦那様、失礼を承知で言いますが、旦那様の歌は下手です！」

ついてきていたマリーがズバッとそんなことを言った。

「えっ？」

ずっと上手いと思っていた私は驚きの顔を見せる。

「何を驚いているんですか。誰がどう聞いたってただの大声でしたよ」

従業員達もマリーの意見に同意している。

「そ、そんな、家族は『パパ上手！』と褒めてくれたのに」

ガクッと膝をつく。

「ロザンヌ様とエリザベス様はお優しいから……」

マリーが私を慰めてくれようとした。

「す、すみません。それよりロックバードがこっちに気づいていませんか？」

若い受付嬢が恐る恐る報告してくる。

「皆さん……逃げましょうか？」

私はパニックにならないようにニコッと笑った。

しかしそれは逆効果だったようだ。

「「「ぎゃー！」」」

従業員達が一斉に走り出すと、ロックバードは豪快な足音をたてながら突進してくる。

マリーは従業員達を庇うように立つと息を吸い込み歌い出した。

その声は遠くまで響き、透き通るような美声だった。

興奮していたロックバードもマリーの歌声に徐々に落ち着きを取り戻し、立ち止まるとその場で眠りについてしまった。

「凄い……」

「美しい声だ」

従業員達がマリーの歌声にうっとり聞き入っていた。

「そういえばマリーがいたな」

私は一人笑っていると、マリーが手を動かしながら指示を出していた。

「おっそうだ！　今のうちに……」

私は岩の側のロックバードの巣に行くと卵をいくつか頂き頭を下げた。

「有難く頂戴《ちょうだい》します」

卵をマリーに見せると従業員達を立たせて徐々に遠ざかる。

マリーも歌いながらロックバードから離れていった。

「ふー、どうなる事かと思いましたが、どうにか卵を確保出来ましたね！」

満足気に頷くが、周りからの視線は少し冷たく感じる。

「ほぼ、マリーさんのおかげですね。それにしてもマリーさん、歌が上手ですね」

「メイドとして当然です。私の母には敵いませんから」

マリーがニコッと笑った。彼女の美声は母親譲りなのだ。

「さぁ、皆さん帰りますよ。これでミヅキさんの美味しいご飯は私達の物です。そしてゆくゆくはそれを商品化して……」

グッフフ！

「これで更にリングス商会が大きくなります。そしたら皆さんに臨時給料を出しますからね！」

私の発言に従業員達は意気揚々と戻って行った。

◆

その頃、卵を探しに行った国王とレオンハルト王子はあまり来たことがない市場に興奮していた。

「おい、レオン！　あれを見ろ」

人が並んだ屋台を指さすと、レオンハルト王子が興味津々に目を輝かせる。

「あんなに並んでる！　一体なんでしょう？」

「わからん、ちょっと並んでみるか！」

「いいですね！」

二人が並ぼうとするのを私は慌てて止めた。

「いけません！　私が並んできますから、お二人はシリウスと待っていて下さい！」

「いや、ユリウス、ここは自分の分は自分で並ぼう！」

そう言うと国王はさっさと列の一番後ろについた。

私とシリウスはため息をつくと国王達の後ろに並んだ。

少し待っていると順番が回ってくる。

「いらっしゃいませ！」

可愛らしい女の人が笑いかける。

「何本ご注文ですか？」

「四本もらおうか！」

国王が代表して答えた。

「ありがとうございます。四本で銅貨二十枚です。では、こちらの番号を持って待っていて下さい。出来たら番号を呼びますね」

「なんと凄いな、こんな街中で素晴らしい考えだ」

一瞬国王の顔になり、番号札を見つめている。

「これはあなたが考えたのか？」

番号札を見せてお店のお姉さんに話しかけた。

「いえ、この店を手伝ってくれた子がいまして、その子が教えてくれたんです」

「ほー、子供が、その子は何処に？」

キョロキョロと周りを見るがそれらしき子はいなかった。

「手伝ってもらってからたまに買いに来てくれますが、何処にいるかは……」

お姉さんが困った顔をしてしまう。

「いや、お仕事中にすまなかったね。料理も楽しみにしてます」

国王はニコッと笑いかけると、頬を染めるお姉さんに礼を言って列から離れた。

「この札は使えるな、後でニコルに伝えておいてくれ」

国王が私に札を渡した。

「承知致しました」

私達が札の事で話し合っていると順番が来て呼ばれる。

「十五番でお待ちのお客様～」

「あっ！　父上呼ばれましたよ！」

レオンハルト王子が札を持って取りに行く事になった。

「はい、王都ドッグ四本です！」

爽やかなお兄さんが王都ドッグを渡してくれる。

「お好みでそこのトマトソースをかけて下さい」

瓶に入った赤いトマトソースを指さした。

熱々の王都ドッグを国王に渡し、瓶のトマトソースの事を説明してくれる。

「初めて見ますね、いい匂いだ」

レオンハルト王子が、まずは何も付けずにガブっとかぶりついた。

「おっ中にソーセージが入ってる！」

「ホットドッグみたいなのか？」

国王がレオンハルト王子に聞いた。

「いや、周りの生地《きじ》はほんのり甘いです。それがソーセージの塩気とよく合ってて美味い！　みんなが並んで食べるのもわかります。ユリウス、シリウス！　また買ってきて貰うからこの店覚えておいてくれ！」

「「はい……」」

二人は苦笑しながら王都ドッグを頬張ると確かに美味い。

「「美味い！」」

思わず声が漏れた。

「なっ！　次はトマトソースをかけてみよう」

レオンハルト王子が半分にトマトソースをかけた。

「酸味がまたあってる」

あっという間に食べ終えてしまった。

「ミヅキの料理も美味しいが、ここも中々だな。今度ミヅキに教えてみようかな」

いい店を見つけたとレオンハルト王子はニヤニヤとしている。

「ん？　なにか大事なことを忘れているような……」

国王も食べ終わると何かを思い出す。

「あっ！　ミヅキの卵！」

国王達は来た目的を思い出し、慌てて卵を探しに向かった。

無事、店で一番新鮮で高い卵を買うと、レオンハルト王子は手に入れた卵を大事そうに抱える。

「これでミヅキの俺への好感度はあがるに決まってる！」

ふふっと不敵に笑うが、私達兄弟はそうならない気がしてならなかった。

イチカとリュカ達、子供組も卵の調達に向かっていた。

プロローグ

「イチカ姉、どぉするの？」

シカ達が先を歩く私について行きながら、不安そうに尋ねてくる。

「この前肉屋のおじさんに変わった鶏の話を聞いたの、その鶏が手に入れば、きっとミヅキ様は喜んでくれるわ！」

「変わった鶏？」

「なんでも朝の時を知らせてくれる鶏で、その卵は黄身の色が濃くて、味も濃厚らしいわ。毎日卵を産んでくれるから、育てれば何時でも卵を用意出来るはず」

「凄いね！　何処にいるの？」

「まずはそれを聞きに行きましょ！」

私達は市場へと早足に歩き出した。

リュカ達は少し離れて様子を見ておく事にして、私達女の子だけで肉屋に向かった。

「こんにちは～、おじさん、今日もいい天気ですね！」

私はにこやかに肉屋のおじさんに話しかける。

「おっ、イチカちゃんこんにちは！　今日はまた大勢で来たね」

おじさんが笑顔で答える。

「今日はおじさんにこの前聞いた鶏の話を聞きに来たの、あの、時を知らせる天鶏の事」

「あー、イチカちゃん、そんなの覚えてたんだ？」

おじさんが苦笑いする。

「おじさんの話はいつも面白いもの、だからよく覚えてるわ！」

私はミヅキ様を真似てニッコリと笑った。

「そ、そうかい？」

おじさんが嬉しそうに頬をかく。

「前に話してくれたコカトリスと戦った話も面白かったわ。おじさんがかっこよく仕留めたのよね！」

「すごーい！」

「コカトリスを！」

シカやミカが驚くと手を叩いた。

「いやいや、そんな事ないよー」

満更でもないおじさんは仕方ないと私達に手招きする。

「本当はあんまり教えたくないけど……イチカちゃん達は特別だ。あの鶏は桃の木に止まる習性があるんだ。ただ、飛ぶことが出来るから捕まえるのは難しいけどね」

私は教えてくれたおじさんにニッコリと微笑む。

「ありがとうおじさん！　またお肉を買いにくるね。その時に楽しいお話を聞かせてね」

私達は感謝を込めて笑顔で手を振った。おじさんは嬉しそうに手を振り返してきた。

私達はおじさんが見えなくなると素早く移動する。

「桃の木って言ったわね。じゃ、次は果物屋さんに向かうよ！」

みんなは頷くと急いで果物屋に向かった。

◆

その頃私はソワソワとみんなの帰りを待っていた。

「やっぱりイチカ達が心配だなぁ。コハク、イチカ達について行ってあげてくれる？　困っていたら助けてあげて欲しいの」

コハクはくるんと跳ねると了解と言うようにひと鳴きして、イチカ達の元に向かって行った。

「過保護だなぁ」

デボットさんとレアルさんが私の行動に苦笑する。

「だって女の子なんだよ！　心配だよ」

「あいつらだって、ああ見えてスラム出身だぞ、何かあれば上手く切り抜けるさ」

「みんな頭が良い子達だけどさ、デボットさんみたいなのが絡んできたら手に負えないでしょ！」

「お前それ、貶《けな》してんのか、褒めてんのか？」

「もちろん、褒めてるよ！」

ニカッと私が笑うとデボットさんは諦めたようにため息をついた。

◆

「あっイチカ、あれ！　ミヅキの従魔のコハクだ！」

リュカが近づいてくるミヅキ様の従魔のコハクに気がついた。

「きっと、ミヅキ様が心配で付けてくれたのね。コハクそうでしょ？」

コハクに話しかけるとそうだと言わんばかりにピョンピョンとはねた。

「やっぱりミヅキ様って本当に優しいわ」

私達のことを思ってくれていると感じてうっとりとしてしまう。

「じゃ、早いとこそのミヅキ様の為に卵取りに行こうぜ」

せっかくミヅキ様の優しさを堪能《たんのう》しているのに、リュカ達が急かしてくる。

「まぁ、そうね、果物屋さんに聞いた場所に行きましょ。コハク、何かあったらよろしくね」

ペコッと頭を下げると私達は桃の木目指して進み出した。

私達は教えて貰った桃の木が生えている場所に着くと、物陰に隠れて鶏が来るのを待った。

「だけどさ、どう捕まえるんだ？」

リュカがみんなの顔を見渡した。

「魔法で捕らえるんでいいんじゃない？」

テオがカイを見る。

「俺は風魔法だよ？　どう捕まえるのさ！」

あーだこーだと意見を言い合い揉めているとコハクが木魔法でカゴを作ってくれた。

「みて！　コハクがカゴを作ってくれたわ。これで罠を作って捕まえましょう！」

私達はカゴを使って罠を張ることにした。

「こんなんで捕まえられるのか？」

リュカが疑いの目を向けてくる。

「あっ、しっ！」

目当ての鶏の姿に私は口に手を当てる。

鶏は桃の木に止まるとひと鳴き発し時を伝えた。

「綺麗な声だね……」

みんながうっとりと聞いていると鶏が私達の仕掛けた罠の餌に気がついた。

「ミヅキ様の作った米を少し撒いたの。あれを食べればイチコロよ！」

私の読み通り、鶏は米に夢中でドンドン罠の方へと寄ってくる。

ミヅキ様の作ったあのお米に抗える者などいないのだ！

「あと少し……」

「あの中に入ったら紐を引いてね」

「わかってる」

皆が息を潜めて見守っているとその時がきた！

「今よ！」

リュカが思いっきり紐を引く。

「ゴゲッ！」

鶏はカゴの罠に見事にはまり捕獲できた。

「やった！」

「捕まえた！」

みんなで鶏を捕まえた事に喜んでいると、ガラの悪い男達が私達の捕まえた鶏をカゴごと掴みあげた。

「おー！　桃を取りに来たら鶏まで落ちてたぜ！」

私は返してもらおうと声をかける。

「すみません！　それ私達が捕まえたんです」

すると男達は私達を見てニヤニヤと笑いだした。

「何を言ってんだ、これは俺達が拾ったんだ」

男達は元より私達がいた事を知っていたようで、最初から鶏を返す気はないようだった。

「あれは、僕達が捕まえるの待ってたんですね」

テオが冷静にリュカに話しかける。

「ああ、そうだな。はぁー、最近は絡まれるのもなくなってきてたのにな」

リュカがうんざりしたようにため息をついた。

「もしかして」

リクが心当たりがあるのかハッとする。

「えっ、なんだよ」

「リク、なんでかわかるの？」

カイもコウもリクに注目した。

「ミヅキが帰ってきたから？」

「「あー」」

否定しきれない感じにみんなが苦笑する。

ミヅキ様がそばにいると厄介事に巻き込まれる確率が高くなることを言っているようだが、そんなことはない！

「おい！　なんだガキ共。妙に落ち着いてんな。まぁ、騒ごうが泣こうがこれは貰っていくけどな！」

「だって、イチカ、どうするの？」

ミヅキ様に渡すはずの鶏を取られて黙っていられるわけがない！

「すみませんが、それは許しません！」

私はスカートを捲し上げると足に装備していた鞭《むち》を掴んだ。

ヒュン！

男の鶏を掴んでいる手を鞭《むち》で絡めとる。

「なっ！　なんだこの女！」

男達が鞭《むち》を引こうとするがビクともしない。

「リュカ、テオ！　手伝って！」

男達が怯んだ隙にリュカ達に声をかけた。

「えーイチカだけで十分だろ？」

「そうですよね？」

「それは倒すのは簡単だけど、ミヅキ様にあげる鶏に傷がついちゃう！　それだけは駄目！」

「「ああ……納得」」

リュカ達はわかったと短剣を取り出し男達の背後をとった。

「すみません、僕達、この鶏がどうしても必要なんです。諦めて貰えませんか？」

テオが短剣を首筋に押し当ててニッコリと笑った。

「ヒィ……なんだ、コイツら」

「おっちゃん達もさー、大人なら子供に譲れよ。ギースさん達ならこんなもんじゃすまないぞ」

「「ギース！」」

「ギースってあのギースか？」

ギースさんの名前を出したら男達の顔色が変わる。

「あのギースって何？　ギースさんて、いっぱいいるの？」

カイがのほほんとコウに聞いている。

「まぁ、あんだけ仕事が大きくなってるからじゃない？」

コウが適当に返事をしている。

「もしかしてギースさんの所にお勤めのお子様達で？」

男達が恐る恐る聞いてくる。

「まぁそんな所だ」

リュカが言葉を濁した。

「そうとは知らずに失礼しました！　鶏はお返し致します！」

男達は鶏を地面に置くと一目散に逃げて行った。

「全く、えらい目にあったな」

リュカ達がカゴを回収すると。

「コハクちゃん、このカゴから鶏を出せないようにできる？」

私は鶏をコハクに見せると、罠に使ったカゴが形を変えて鳥籠になった！

「さすがミヅキ様の従魔だね！　すっごく優秀！」

シカ達が褒めるようにコハクを撫でた。

「変な手間がかかったわ、ミヅキ様が心配するから早く帰りましょ！」

私はみんなを促すと駆け足でミヅキ様の元に向かった。

◆

「えっ！」

私はデボットさんから聞いた衝撃の事実に驚きを隠せないでいた。

「それ……本当、デボットさん？」

まだ信じられずに確認してしまう。

「残念ながら本当だ。みんな自主的に頼んできたんだ」

私はデボットさんに何故平気なのかと問いかけると、イチカ達が早くから訓練をしている事を聞かされていた。

「全然知らなかった」

「まぁ普通の大人くらいなら簡単にあしらう事が出来るぐらいにはなってるぞ」

「なんでそんなに強くなりたいの？」

理由を聞きたかった。

「ミヅキの為だろ」

当たり前のようにデボットさんが言う。

「私の為？　なんで私の為に強くなるの。私が守ってあげるのに……」

「あいつらはミヅキの負担になりたくないんだよ、あいつらが捕まったり怪我したりしたら、お前が表舞台に出るだろ？」

「そりゃそうだね、そんなの許さない！」

「だから、そうなるとお前の存在がどんどん知られて、変な注目を集めちまうだろ？」

「あっ……」

確かにそうなると目立ちたくない私には困ったことになる。

「だからここの代表もギースにしたんだ。リュカ達子供が代表だと、何かと狙われやすくなるからな。まぁ、代表が誰になってもやる事は変わらないからな」

「そ、そうなんだ」

「それに部隊兵の人達も飯を食いに来るついでに面倒を見てくれてるみたいだぞ」

「へっ？」

「ある程度体力が付いたら、自分にあった武器を選んで身につけて、それを使ってる部隊兵にいろいろ教えて欲しいって頼んだみたいだ」

驚きのあまり言葉が出ない。

「ちなみにイチカは、ミシェル隊長に鞭《むち》を習ってる」

「何それ！　素敵！」

似合いすぎると興奮しているとデボットさんが苦笑する。

「ミヅキが絶対気に入ると思ってその武器にしたそうだぞ」

「イチカが鞭《むち》なんて似合いすぎ、後で見せてもらおう」

イチカが鞭《むち》を振る姿を想像してニヤニヤしてしまう。

「だから心配なんてしなくてもあいつらなら大丈夫だよ」

デボットさんが力強く頷く。

「デボットさんがそこまで言うなら大丈夫なんだね。まぁ、無理して強くならなくていいけど、身を守れる程度にはなって欲しいかな？」

私はみんなのことを甘く見ていたと苦笑した。

「おーい！」

話をしていると早速、部隊兵達が帰ってきた。

「あっ、おかえりなさい……」

私はみんなに視線を向けると、その先には、アラン隊長らが上半身が鷲で下半身が馬のようなでっかい獣を担いでいた。

「ア、アラン隊長？　それ何？」

「これはなぁ、ヒポグリフだ！　これの卵を取りに行ったんだが残念ながら卵は見つからなくてな」

「えっ、この子、死んでるの？」

私がぐったりしているヒポグリフの頭を撫でると、まだ温かかった。

「いや、手刀で落としただけだ、多分まだ生きてる」

「なんか、可哀想」

ふわふわの毛のヒポグリフを優しく撫でていた。

「いや、それ魔物だし。食べられるんじゃないか？　ミヅキに調理してもらおうと思って持って帰ってきたんだ」

雲行きが怪しくなりアラン隊長が様子をうかがうように聞いてくる。

「鑑定」

《ヒポグリフ》
鷲の上半身と馬の下半身を持つ空を飛ぶ獣。
肉はあまり美味しくない。
卵は美味。

「アラン隊長、残念だけどこの子、あんまり美味しくないって」

私は鑑定結果を教えてあげた。

「マジか！　なんだよー、苦労したのに」

ガクッと膝を着く。

部隊兵達も大変だったようでガックリとしていた。

「卵は美味しいみたいだけどね。食べられないし可愛そうだから逃がしてあげよっか」

私はぐったりしているヒポグリフを撫でながら回復魔法をかけた。

ヒポグリフは意識を取り戻すと周りの環境に戸惑い暴れだした。

「落ち着いて」

私は土魔法で檻を作りヒポグリフを閉じ込める。

「ミヅキの土魔法はビクともしないな」

「俺達のとは違うな」

何故か魔法持ちの部隊兵達がガックリしている。

「急に連れてきてごめんねー。ちょっと落ち着いて水を飲もうねー」

私が水を出すが、ヒポグリフはまだ暴れ回っている。檻に体をぶつけて怪我をしてしまった。

「あー、羽根が傷つくよ！　駄目！」

再び軽く回復魔法をかけてあげた。

自分が治された事に気がついたのか、ヒポグリフが少し大人しくなった。

「いい子だねー。ほら水を飲んでごらん、そうすればお家に帰れるからね～」

水を差し出すと、今度は少し警戒しながらも水を飲み始めた。

「ふふ、偉いね～。後で部隊兵のお兄さん達が森に帰してくれるからね。少し大人しくしててね」

体を撫でると気持ちよさそうにして、リラックス出来たのか檻の中で寝転んでしまった。

「アラン隊長、あとであの子帰してあげてね！」

「ああ、わかった。帰せるといいがな……」

「ん？　なんか言った？」

アラン隊長を見ると大人しいヒポグリフに引いている。

「いやなんでもない。しかしヒポグリフが駄目ならしょうがない、途中で仕留めたコカトリスで我慢するか」

アラン隊長がコカトリスと卵を収納から出した。

「あっ、とり肉もあるんだ……それなら」

頭の中でメニューを考える。

「ミヅキさーん！」

するとマルコさん達も帰ってきた。

「見てください！　ロックバードの卵です！」

マルコさんが自慢げに馬鹿でかい卵を抱き抱えている。

「何それ！　でっかーい、一つで何人分くらいだろ」

「ミヅキくらいあるな！」

卵と見比べられ笑われている。

「うーん、こんなに卵があるなら」

私は卵を預かると厨房《ちゅうぼう》に向かった。

「なんか美味いもんが出来そうだな！」

アラン隊長がソワソワしている。

「ミヅキ様〜！」

今度はイチカ達が戻ってきた。

「あれ？　ミヅキ様は？」

イチカが、ミヅキの姿が見えないとキョロキョロと周りを探す。

「今卵を持って厨房《ちゅうぼう》に走ってったぞ」

「えっ！　もう皆さん、卵を取ってきたんですか？」

「イチカ、急いでそいつも渡しに行くぞ！」

子供達は急いで厨房《ちゅうぼう》に向かった。

「ミヅキ様！」

厨房《ちゅうぼう》で卵を見つめているとイチカ達が駆け寄ってきた。

「あっ、みんな大丈夫だった？」

コハクがピョンと私に飛びついた。

「ミヅキ様、コハクを付けてくれてありがとうございました！　とっても助かりました」

「本当に？　なら良かった」

ありがとうとコハクを撫でる。

やっぱり、イチカ達が強いなんて冗談だったのかな。

コハクの力を借りたと言うことは、自分達では出来なかったからなのだろうと私は思った。

「デボットさんはみんな強いから心配ないって言ってたけど、それって本当？」

「えっ、全然強くなんてありませんよ」

イチカはブンブンと首を振って否定する。

「そうだな、まだまだミヅキ達には敵わないもんな」

「できても大人をあしらう程度だよね」

「もっと強くならないと」

他の子達もまだまだだと納得していないようだが……十分じゃない？

「そ、そうなの？」

思わず顔が引き攣った。

「ミシェルさんの鞭《むち》さばきには遠く及びません」

「いや！　ミシェル隊長って王宮部隊兵の隊長だよ。そんなに強くなるの？」

「そうすればミヅキ様の助けになりますか？」

イチカがうるうるとした瞳で見つめてくる……可愛い。

「そんな事をしなくても助けになってるよ。みんなはみんなのままでいいんだよ。無理して強くなる必要なんてないんだよ！」

私はイチカの手をギュッと握った。

「ミヅキさまぁ……」

イチカがうっとりとした顔で私を見つめる。

「でも強くなるのって楽しいんだよな」

リュカが何気なくボソッと呟いた。

「わかる、出来ないことが出来ると楽しいよな！」

「「私も……」」

ミカとシカが恥ずかしそうに笑っている。

「二人もなにか習ってるの？」

「私達は弓を習っています。的に当たるようになると面白いです」

「みんながしたいならいいけど、無理しないでね」

「大丈夫だよ、ミヅキ。みんなしたくてやってるんだから」

テオが笑ってみんなの気持ちを代弁すると、みんなが頷きあっていた。

「わかった。みんなの好きなようにしていいよ。でも少しみんなの成果みたいなぁ」

「はい！」

イチカがスカートをサッとまくると鞭《むち》を取り出す。

「きゃー！　イチカ、カッコイイ！」

パチパチと拍手すると頬を染めて嬉しそうにしている。

「テオ、果実を置いてくれる？」

数メートル先に果実を置くと、イチカは顔を引き締め鞭《むち》を振った。

バシュ！

一発で果実を真っ二つにすると期待を込めてこちらを向いた。

私はというと、驚きのあまり顔を固めて口を開いていた。

「ミヅキ様？」

イチカが期待を込めた顔から不安顔になってしまった。

「すっ、凄ーい！　イチカとってもかっこいいよ！」

私は想像以上の成果に手を叩いてイチカを褒めた。

イチカは本当に嬉しそうに涙目になりながら、頑張って良かったとボソッと呟いていた。

そのあとはミカ達も成果も見せてもらい、みんなすごく強くなっていて驚いたと同時に、たくさん褒めてあげた。

「みんな本当に凄いよー！　そのうち私より強くなっちゃいそうだね」

「あはは！　ミヅキに敵うわけがないだろ」

和やかに笑い合う子供達を見つめる。

「あいつらなら、いつかこの国を沈められそうだな」

ギース達は子供達を頼もしいやら不安やら、複雑な気持ちで見つめていた。

なんだか胸がいっぱいになり、私は少しみんなと離れて遠巻きに見つめた。

みんなは最初に会った頃のオドオドした感じはどこにもなく、堂々としていた。

自分で考え自分で動き、自分の好きな事をしている。

「すごいなー」

私は思わず声が漏れた。

【何がだ？】

シルバがそっと寄り添うように隣に座る。

いつの間にかシンクやプルシアにコハクもそばにいた。

【いや、こうなるようにここを作ったけど、こんなに早くみんなが成長すると思わなくて……】

なんか嬉しいような少し寂しいような気がしていた。

【ミヅキがいたからここまで成長出来たんだろ】

【そうだよ】

シルバとシンクが優しく声をかけてくれた。

【もう、私はいらないかな】

【こんなにも慕ってくれているんだ。そんなことはないだろう】

プルシアが否定してくれる。

【キャン、キャン！】

【コハクもそうだって言ってるよ】

シンクがコハクの気持ちを伝えてくれた。

【みんな、ありがとうー】

私は優しい従魔達に感謝を込め抱きしめた。

【そうだ、みんなが成長してるなら、私も成長すればいいんだよね】

【ん？】

シルバが顔を上げる。

【よーし！　私もみんなに負けないように頑張るぞ！】

急にやる気がみなぎり私は立ち上がった。

すると気がついたイチカ達が笑顔で手を振り私を呼ぶ。

【確かに過剰な構いはほっといて欲しいけど……適度な距離は必要だよね】

私はみんなの元に向かおうとすると……

「おーい！　ミヅキー！　はやくこいー」

レオンハルト王子と笑顔の国王達、ヨダレを垂らしそうなアラン隊長が早くしろと手招きしている。

「うっ……」

私はくるっと向きを変えた。

「やっぱり私のことは、ほっといて下さーい！」

「「おい！」」

みんなに追いかけられながら私は笑いながら逃げ回るのだった。

LEAVE ME ALONE!
ほっといて下さい
従魔とチートライフ楽しみたい！
1~3
原作 三園七詩
Nanashi Misono
漫画 鳴希りお
Rio Naruki
RC
Regina COMICS
大好評発売中!
ほっといて下さい 3
従魔とチートライフ楽しみたい！
三園七詩 鳴希りお
またまた過保護者が増えちゃった!?
愛され幼女と誘拐事件
獣人双子と解決します！
22万部突破!!
アルファポリス
増えちゃいました!!
270万突破!!!
愛され幼女のほのぼの過保護ファンタジー!!
読者賞受賞!
超人気作、待望のコミカライズ！
伝説のもふもふお供に
愛され幼女、異世界満喫中!?
OLのミヅキは、目が覚めると見知らぬ森にいた――
なぜか幼女の姿で。どうやら異世界に転生してし
まったらしく困り果てるミヅキだったが、伝説級の魔
獣フェンリルに敏腕A級冒険者と、なぜだか次々に心
強い味方――もとい信奉者が増えていき……!?
無自覚チートな愛され幼女のほのぼのファンタジー、
待望のコミカライズ!
アルファポリス 漫画 検索
Webにて好評連載中!
B6判／各定価：748円（10%税込）

この作品に対する皆様のご意見・ご感想をお待ちしております。

おハガキ・お手紙は以下の宛先にお送りください。

【宛先】

〒150-6008 東京都渋谷区恵比寿4-20-3 恵比寿ｶﾞｰﾃﾞﾝﾌﾟﾚｲｽﾀﾜｰ 8F
（株）アルファポリス　書籍感想係

メールフォームでのご意見・ご感想は右のＱＲコードから、
あるいは以下のワードで検索をかけてください。

アルファポリス　書籍の感想　検索

ご感想はこちらから

本書は、「アルファポリス」（https://www.alphapolis.co.jp/）に掲載されていたものを、
改題、改稿、加筆のうえ、書籍化したものです。

ほっといて下《くだ》さい７　～従魔《じゅうま》とチートライフ楽《たの》しみたい！～
三園七詩（みその　ななし）

2023年 11月 5日初版発行

編集－加藤美侑・森 順子
編集長－倉持真理
発行者－梶本雄介
発行所－株式会社アルファポリス
〒150-6008 東京都渋谷区恵比寿4-20-3 恵比寿ｶﾞｰﾃﾞﾝﾌﾟﾚｲｽﾀﾜｰ8F
TEL 03-6277-1601（営業） 03-6277-1602（編集）
URL https://www.alphapolis.co.jp/
発売元－株式会社星雲社（共同出版社・流通責任出版社）
〒112-0005 東京都文京区水道1-3-30
TEL 03-3868-3275
装丁・本文イラスト－あめや
装丁デザイン－AFTERGLOW
（レーベルフォーマットデザイン―ansyyqdesign）
印刷－中央精版印刷株式会社

価格はカバーに表示されてあります。

落丁乱丁の場合はアルファポリスまでご連絡ください。

送料は小社負担でお取り替えします。


ISBN978-4-434-32838-1 C0093